Jörg Hagemann
wurde 1965 in Wolfenbüttel geboren. Er studierte in Braunschweig Deutsche Literatur, Sprache und Geschichte. Sein beruflicher Weg führte ihn als Texter nach München, wo er inzwischen als freier Schriftsteller mit seiner Familie lebt.

Rudi Schedl
wurde 1971 in München geboren. Er absolvierte ein Studium für Kommunikations-Design und Illustration an der Fachhochschule München. Er arbeitet als Diplom-Designer und Artdirektor in einer Münchner Werbeagentur und als Illustrator für Kinder- und Jugendbücher.

In der Reihe »Drei durch dick und dünn« bereits erschienen:

Die Flohmarkt-Diebe
Die Grusel-Geister
Ein tierischer Fall
Der falsche Verdacht
Gefährliche Rauchzeichen
Die Fälscher-Zwillinge
Die Müllschlucker-Bande
Die Gewaltigen Vier
Das gestohlene Weihnachtsfest

Drei durch dick und dünn

Jörg Hagemann

Die rätselhafte Schlafkrankheit

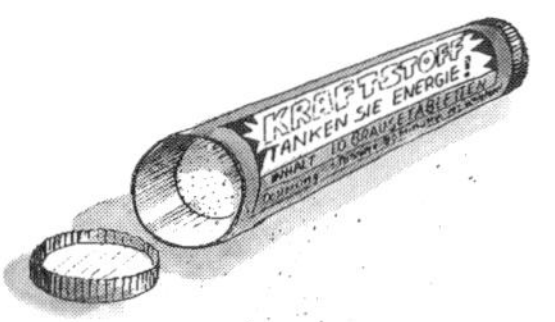

Illustrationen von
Rudi Schedl

UEBERREUTER

ISBN 3-8000-5057-9

Umschlag- und Innenillustrationen von Rudi Schedl
Umschlaggestaltung von Werkstatt · München / Weiss · Zembsch

Druck: Ueberreuter Print
1 3 5 7 6 4 2

Ueberreuter im Internet: www.ueberreuter.at

Inhalt

1

Ein Fall für Karl

Mehr als tausend Kinder hielten die Luft an. Sie verdrehten die Köpfe und schauten nach oben. Nach ganz weit oben!

Ungefähr zehn Meter über dem Fußboden der Turnhalle kletterte ein Junge an einem Seil herum, das von der Decke herabhing. Scheinbar mühelos zog er sich hinauf. Als er in Schwindel erregender Höhe angekommen war, hielt er sich nur mit einer Hand fest und schaute triumphierend nach unten.

Das Publikum spendete tosenden Beifall.

Schon ertönte eine aufgeregte Stimme aus den großen Lautsprechern: »Applaus für Tobias Braun. Den neuen Spitzenreiter beim Sportfest der Friedrich-Dürrenmatt-Schule. Er führt mit der Bestzeit von einer Minute und zweiundzwanzig Sekunden!«

Tobias grinste breit und seilte sich ab.

Ein Mädchen mit blonden Zöpfen schaute dem wagemutigen Kletterer bewundernd zu und jubelte: »Toller Kerl. So schnell bist selbst du nicht! Oder, Markus?«

Neben ihr stand ein kräftiger Junge mit schwarzen Stoppelhaaren und einem goldenen Ring im Ohr. Er winkte lässig ab und meinte ungerührt: »Ich bin Radprofi und kein Klammeraffe! Damit das klar ist!«

Maria lachte laut auf. »So, so! Ein Klammeraffe! Du weißt nicht zufällig, was das ist?«

Markus zeigte nach oben. »Na, der da! Was denn sonst?«

Maria schüttelte den Kopf so heftig, dass ihre Zöpfe wild umherwirbelten. »Quatschkopf! Klammeraffe nennt man das @-Zeichen, wenn man E-Mails schreibt. Aber Entschuldigung. Du kannst ja nicht schreiben. Hab ich doch glatt vergessen!«

Markus kriegte einen roten Kopf. Obwohl er sich *schwarz* ärgerte. Denn nichts hasste er so sehr, wie wenn er der Freundin Gelegenheit gab, über ihn herzuziehen. Ihm blieb nichts anderes übrig als einzulenken: »Na, ist ja auch egal. Jedenfalls ist das da überhaupt nicht meine Sache. Im Klettern macht dem Tobias keiner was vor. So viel ist klar!«

»Von wegen!«, ertönte da eine helle Stimme. Ein schmächtiger Junge schob sich an Maria vorbei und spuckte entschlossen in die Hände.

»Karl, spinnst du?«, rief Maria erschrocken aus.

Und Markus befahl: »He, Kleiner, hier geblieben. Das ist eine Nummer zu hoch für dich.«

Doch Karl ließ sich nicht bremsen. Er schimpfte: »Von wegen Kleiner! Euch zeig ich's! Und zwar jetzt. Auf der Stelle!«

Maria und Markus versuchten ihm zu folgen. Doch Karl wand sich wie eine Schlange an den anderen Kindern vorbei. Er erreichte den Kampfrichtertisch und meldete sich an.

Seine zwei Freunde hatten ihn gerade erreicht und wollten ihn zurückzerren, als es aus den Lautsprechern tönte: »Wir haben einen neuen Herausforderer! Karl Kummert aus der 5c.«

Ein schallendes Gelächter ertönte. Die Zuschauer trampelten mit den Füßen, dass die Halle bebte.

Natürlich kannten die meisten Karl. Und da war kaum einer, der ihn nicht für einen Schwächling hielt. Doch der kleine Kerl wollte sie alle vom Gegenteil überzeugen. Er packte das Seil und zog sich mit einem kräftigen Ruck nach oben.

Ein Raunen ging durch die Menge.

Karl winkelte die Beine an und klemmte das Seil zwischen die Füße. Ein paar geschickte Bewegungen und er befand sich gut zwei Meter über dem Boden.

Unten sahen sich Maria und Markus verdutzt an. Aber nur kurz, dann schauten sie hinauf und feuerten den Freund an: »Auf geht's Karl! Hopp! Hopp! Hopp!«

Der Junge schien sie zu hören. Mit jedem »Hopp« zog er sich ein Stück höher. Schon hatte er die halbe Strecke zurückgelegt. Und spätestens jetzt war klar, dass er für Tobias ein ernst zu nehmender Gegner war. Denn Karl hatte eine ganz andere Technik. Während sich Tobias mit den Armen nach oben gezogen hatte, schien Karl das Seil hinaufzukrabbeln: Er benutzte die Hände nur um sich festzuhalten. Den größten Teil der Arbeit verrichtete er mit den Beinen. Wie ein Frosch zog er sie zum Oberkörper an. Dann klemmte er das Seil zwischen die Füße und stieß sich nach oben, bis die Beine voll ausgestreckt waren. Das wiederholte er so oft, dass einem allein vom Zusehen schwindlig werden konnte.

Markus konnte nicht anders. Er musste den Freund einfach bewundern. Staunend rief er ihm zu: »Perfekte Beinarbeit, Karl! Weiter so!«

Und tatsächlich: Nach zwei weiteren kräftigen Stößen hatte Karl bereits zwei Drittel der Strecke zurückgelegt.

Aus den Lautsprechern wurde die Zwischenzeit bekannt gegeben. »Siebenundvierzig Sekunden für Karl. Und nur noch drei Meter bis zum Ziel. He, Kinder! Wollt ihr ihn nicht anfeuern?«

Doch auf einmal wurde es in der Halle totenstill. Niemand wagte es, einen Mucks zu machen. Atemlos vor Spannung starrten sie alle nach oben.

Denn sie sahen, wie Karls Beine immer müder wurden. Sie verfolgten, wie er versuchte mit den Händen einen Halt zu finden. Sie beobachteten, wie er mit einer Hand ins Leere griff. Wie er sich mit der anderen nicht mehr halten konnte.

Tausende von Kehlen stießen einen einzigen, fürchterlichen Angstschrei aus! Es war, als würde Karl von dem Gebrüll aufgeschreckt. Noch einmal versuchte er das Seil zu fassen. Doch es gelang nicht. Kraftlos rutschte er ab.

Dann stürzte er wie eine reife Frucht.

Mit einem gedämpften Geräusch schlug er auf.

Plötzlich war die ganze Fröhlichkeit wie weggeblasen. Der tausendfache Aufschrei verstummte. Dafür machte sich nun stilles Entsetzen breit. Eine ganze Schule war geschockt. Denn eines war allen klar: Aus einer solchen Höhe konnte man sich sämtliche Knochen brechen.

Und der kleine Karl war so schwächlich gebaut, dass man das Schlimmste befürchten musste. Auch wenn die Sportlehrer vorgesorgt hatten: Zum Glück hatten sie den Fußboden mit dicken Sprungmatten ausgelegt.

Trotzdem sah es ganz schön gefährlich aus, wie Karl so dalag. Seine Augen waren geschlossen. Er stöhnte, als würde er etwas Schlimmes träumen.

Als Maria und Markus bei ihm ankamen, telefonierte der Sportlehrer bereits mit seinem Handy und verlangte nach dem Notarzt.

Die Biologielehrerin beugte sich über Karl und nahm erste Untersuchungen vor.

»Was ist mit ihm?«, brüllte Markus.

»Ist er verletzt?«, schrie Maria.

»Er sagt ja gar nichts! Ist er ohnmächtig?« Markus zerrte die Lehrerin am Arm.

Die wollte zunächst schimpfen. Aber als sie Markus erkannte, wusste sie, dass er nur besorgt um seinen Freund war. »Einen Moment!«, sagte sie besonnen und fühlte Karl den Puls. Dann hob sie ein Augenlid des Jungen an und schüttelte ungläubig den Kopf. Um ganz sicherzugehen, hob sie auch das andere Lid an. Ihr Kopfschütteln wurde stärker. »Ob er ohnmächtig ist, möchtest du wissen?«, sagte sie ohne sich zu Markus umzudrehen.

»Ja doch!«, bestätigte der und wunderte sich, dass er überhaupt sprechen konnte. Denn seine Kehle war so trocken wie ein Kalkbergwerk.

»Na ja«, meinte die Lehrerin, »wenn man es ganz genau nimmt, ist er gar nicht ohnmächtig. Er ist nur, wie soll ich sagen? Er ist nur, na ja, er ist einfach eingeschlafen. Er schläft! Das ist alles!«

2

Bis aufs Blut

Im städtischen Krankenhaus herrschte Hochbetrieb. Das lag nicht etwa daran, dass die Ärzte gerade viel zu tun hatten. Ganz im Gegenteil. Außer ein paar Prellungen und ein bis zwei Verstauchungen gab es keine Notfälle. Es war eher ein ruhiger Tag. Wenn da nicht ein ganz bestimmter Patient gewesen wäre.

Der lag im Bett seines Krankenzimmers und schaute ungläubig zur Tür, durch die ein Kind nach dem anderen hereinspazierte.

Mittlerweile war der enge Raum so voll mit Besuchern, dass die Krankenschwester eingreifen musste. »Genug! Genug!«, schimpfte sie. »Ab jetzt kommt nur jemand rein, wenn ein anderer dafür rausgeht!« Und damit stellte sie sich vor die Tür und passte auf wie ein Wachhund, dass ihr Befehl auch befolgt wurde.

Es dauerte lange, bis sich das Zimmer wieder leerte. Die halbe Schule war da gewesen. Alle hatten sie den kühnen Kletterer sehen wollen, der knapp unter der Hallendecke eingeschlafen war.

Schließlich waren nur noch Maria und Markus anwesend. Verdattert schauten sie auf den Freund hinab, der da quietschvergnügt im Bett lag.

»Na?«, meinte der. »Das hättet ihr nicht gedacht. Ich bin jetzt eine ziemliche Berühmtheit.«

»Eine traurige Berühmtheit!«, stellte Maria klar. »Kannst du mir mal sagen, was du dir dabei gedacht hast, du verrückter Kerl?«

Karl zog die Bettdecke übers Gesicht.

Doch Maria zerrte sie gleich wieder zurück. »Also? Ich höre!«

Karl verdrehte die Augen und schaute irgendwohin, bloß nicht in Marias Richtung.

Aber die ließ sich nicht mehr bremsen. »Was du dir dabei gedacht hast, will ich wissen!«

Da merkte Karl, dass er so nicht weiterkam. Maria würde ihn so lange mit Fragen löchern, bis er doch nachgeben musste. Er konnte allenfalls noch ein wenig Zeit gewinnen. Bedenkzeit! Leise bat er: »Kannst du mir was zu trinken geben, bitte? Mein Hals ist so trocken.«

Ohne ein Wort zu sagen füllte Maria ein wenig Tee in die Tasse und reichte sie Karl.

Der trank langsam und bedächtig, dann meinte er endlich: »Ich wollte doch nur zeigen, dass ich nicht der Schwächling bin, für den mich alle halten.«

Maria verzog das Gesicht, als hätte sie jemand gekniffen. »Aber kein Mensch hält dich für einen Schwächling!«, protestierte sie lautstark. »Wie kommst du denn darauf?«

Und auch Markus wollte widersprechen: »Außerdem ist es nur halb so schlimm. Du kannst doch nichts dafür!«

»Seht ihr!«, jammerte Karl und vergrub wieder den Kopf unter der Decke.

Als Markus den harten Ellenbogen von Maria in der

Seite spürte, wusste er, dass er etwas Falsches gesagt hatte. Er wollte es nur nicht zugeben. Deshalb wehrte er sich: »Na, ist doch wahr! Ich weiß bis jetzt nicht, wie er überhaupt so weit hinaufklettern konnte. Immerhin hat er es fast bis nach oben geschafft.«

Maria presste den Zeigefinger vor den Mund.

Doch Karl hatte alles gehört. Sein Kopf tauchte wieder unter der Bettdecke hervor. »Weil ich die ganze Zeit wie ein Irrer trainiert habe. Heimlich! Was meint ihr, warum ich immer so wenig Zeit hatte?«

»Na und?«, widersprach Markus. »Ich könnte zehnmal am Tag üben. Aber so schnell wie der Tobias wär ich nie im Leben! Und das, obwohl ich lange nicht so ein Anfänger bin wie du.«*

Maria fand es gemein, wie Markus den Freund verhörte. Und am liebsten hätte sie Karl beigestanden. Aber das ging nicht. Auch sie konnte sich nicht vorstellen, dass der schmächtige Junge so einfach zu einem Kletterass geworden war.

Deshalb fragte sie jetzt so freundlich wie möglich: »Findest du nicht, dass das alles ziemlich abenteuerlich klingt?«

* Markus kann sogar ziemlich gut klettern. Lies nach in: »Gefährliche Rauchzeichen«, *Drei durch dick und dünn*.

Karl drehte den Kopf zur Seite und schaute zum Fenster hinaus. Sein Blick wanderte dorthin, wo er gerne gewesen wäre: ganz weit weg.

So merkte er nicht, wie die Zimmertür aufging.

Er war in Gedanken ganz woanders. Er dachte daran, dass ihm seine Freunde nicht glaubten. Und das hatte natürlich einen Grund: Auch sie hielten ihn für einen Schwächling. Und da würde sich auch nichts dran ändern. Selbst wenn er den Turm der Burg Ritterschlag hochklettern würde. Er fühlte sich auf einmal so richtig schlapp und leer. Er flüsterte nur: »Ich sag jetzt gar nichts mehr. Ihr glaubt mir ja doch nicht!«

Maria wollte widersprechen, aber da ertönte eine tiefe Stimme: »Das wäre aber schlecht, mein Junge. Du bist uns nämlich ein paar Erklärungen schuldig.«

Die Köpfe der Kinder fuhren herum. Vor ihnen stand ein Mann in einem weißen Kittel. Er hatte eine hohe Stirn, auf der nur noch ein vereinzeltes Haarbüschel herumstand. Es wirkte auf dem kahlen Kopf wie ein halb vertrocknetes Pflänzchen, das zwischen ein paar Steinplatten versucht zu überleben.

Doch der Mann war nicht allein. Er hatte eine andere Person im Schlepptau. So sah es zumindest aus. Denn die Frau hielt seine Hand fest umklammert und stolperte aufgeregt hinter ihm her. Ihr Gesicht war so kreidebleich, dass man das weiße Taschentuch kaum sehen konnte, in das sie hineinschnaubte, bevor sie losschluchzte: »O weh, o weh! Mit dem Jungen bleibt einem aber auch nichts erspart. Herr Doktor, er wird doch wieder ganz gesund, oder? Er hat doch keine bleibenden Schäden? Sagen Sie doch was, Herr Doktor? Mein armer Junge! O weh!«

Der Mann runzelte die Stirn so sehr, dass sein Haarbüschel einen Hüpfer machte. »Nun bleiben Sie mal ganz ruhig, Frau Kummert«, versuchte er Karls Mutter zu beruhigen. »Das wird schon wieder. Ich muss nur ein paar Dinge von ihrem Sohnemann wissen.« Und damit klopfte er Frau Kummert auf die Schulter und wandte sich Karl zu. »Ich bin Doktor Frühsorge. Und ich finde es überhaupt nicht in Ordnung, wenn du nichts mehr sagen möchtest. Ich muss dir ein paar dringende Fragen stellen.«

Karl langte nach der Bettdecke, um sie sich wieder übers Gesicht zu ziehen. Aber der Doktor kannte seine Pappenheimer. Er hielt die Decke einfach fest und sah dem Jungen tief in die Augen. »Wir haben nämlich deine Blutprobe untersucht!«, verriet er.

»Da haben wir's!«, entfuhr es Markus. »War er also gedopt?«

»Das würde einiges erklären!«, bestätigte Maria.

Der Doktor schaute die beiden erstaunt an. »Woher wisst ihr das?«, erkundigte er sich.

»Es stimmt also!« Marias Stimme überschlug sich fast.

Und Markus stöhnte: »Gedopt! Unser Kleiner war gedopt!«

Aber Doktor Frühsorge schüttelte streng den Kopf. »Nicht so voreilig!«, mahnte er. »Ich habe nur gesagt, dass wir sein Blut untersucht haben.«

Marias Stimme zitterte vor Aufregung: »Und? Dann war doch bestimmt etwas Verbotenes drin?!«

Der Arzt wiegte den Kopf. »Nicht direkt. Nicht verboten. Aber auch nicht richtig erlaubt. Den Rest muss uns euer Freund erklären.«

Der sah den Chefarzt ängstlich an und sagte so leise, dass man es kaum hören konnte: »Aber Herr Doktor! Ich weiß es doch auch nicht! Was war es denn?«

Doktor Frühsorge schien kurz nachzudenken, ob er dem Jungen trauen konnte. Aber Karl sah so verzweifelt aus, dass man ihm einfach glauben musste. Also nickte der Arzt entschlossen und erklärte: »Also gut, mein Junge. Dann will ich es dir verraten. Es war ein Schlafmittel.«

3

Es wird alles noch viel schlimmer!

Eigentlich konnte Karl von Glück sagen, dass er im Krankenhaus lag. Denn so konnte er am nächsten Tag nicht zur Schule gehen. Und das hatte einen Riesenvorteil: Er musste nämlich nicht diese fiese Mathearbeit mitschreiben.

Markus saß über sein Blatt Papier gebeugt und versuchte auf einen einzigen klugen Gedanken zu kommen. Doch die Zahlen verschwammen vor seinen Augen.

»Mist!«, zischte er so laut, dass die Lehrerin streng zu ihm herüberblickte.

Markus tat so, als würde er etwas notieren. Aber das war nur ein Ablenkungsmanöver. In Wirklichkeit wusste er überhaupt nicht, was er schreiben sollte. Und das lag ausnahmsweise mal nicht daran, dass er grottenschlecht in Mathe war. Es lag daran, dass er immerzu nur an Karl denken musste. Dass er nicht verstand, warum sein Freund so dickköpfig war. Denn der hatte ihnen einfach nicht verraten wollen, wie er an das

Schlafmittel gekommen war. Und warum er es genommen hatte! Er war nur stur in seinem Bett gelegen, hatte sie trotzig angeschaut und war ungefähr so gesprächig gewesen wie ein Regenwurm.

»Mist!«, entfuhr es Markus zum zweiten Mal.

Diesmal beließ es die Lehrerin nicht bei einem strengen Blick. Sie stand auf, kam auf ihn zu und musterte misstrauisch, was er bis jetzt geschrieben hatte.

»Na, dir ist aber noch nicht viel eingefallen!«, stellte sie nüchtern fest. Dann ging sie auf ihren Platz zurück.

Markus sah auf sein leeres Blatt. Bis auf ein paar durchgestrichene Zahlen hatte er noch nichts zu Papier gebracht. Das würde vielleicht ein Trara geben, wenn er wieder mit einer Fünf nach Hause kam. Also beschloss er, dass er sich zusammenreißen musste. Er nahm sich die erste Aufgabe vor und begann zu rechnen. Doch dadurch wurde es nur noch schlimmer. Die Zahlen fingen an vor seinen Augen zu tanzen. Eine Fünf drehte sich einmal um die eigene Achse, schnappte sich eine Sieben und wirbelte als Fünfundsiebzig über das Blatt. Eine Sechs machte Kopfstand und ergab eine Neun. Eine Drei fiel auf den Bauch und war gar keine Zahl mehr, sondern einfach nur ein kleines m. So konnte das nicht weitergehen.

Er musste irgendwo abschreiben. Sonst war er verloren. Markus schielte nach rechts. Aber rechts saß dummerweise die blöde Andrea Muschik. Als sie merkte, dass Markus zu ihr herüberschaute, hielt sie die Hand vor ihr Blatt.

Markus sah weg. Wenn nicht bald ein Wunder geschah, war alles zu spät. Ein ängstlicher Blick auf die Uhr sagte ihm, dass er nur noch zwanzig Minuten Zeit hatte. Er musste etwas unternehmen. Sofort! Vorsichtig schielte er nach links.

Er brauchte ein paar Schrecksekunden um zu verstehen, was passiert war!

Zuerst dachte er, dass auch hier nichts zu holen war. Denn neben ihm saß Nina Ruhl. Und die hatte sich gleich ganz auf ihr Blatt gelegt, sodass es unmöglich war, abzuschreiben. Aber dann merkte er, dass sie die Augen geschlossen hatte. Dass ihre Arme kraftlos herabhingen. Und dass sie drohte vom Stuhl zu rutschen.

»Mist!«, brüllte er und sprang auf um Nina zu helfen.

Diesmal fing er sich keinen bösen Blick von der Lehrerin ein. Denn die hatte sofort erkannt, dass jede Sekunde zählte. Sie griff zu ihrem Handy und alarmierte den Notarzt.

Wenig später wurde Nina von zwei Sanitätern aus dem Klassenzimmer getragen.

Der ganze Pausengang war voll mit Kindern. Überall standen Schaulustige herum. Und so hatten die beiden Männer ihre Mühe, sich einen Weg durch die Menge zu bahnen.

Zum Glück hatte Markus den Ernst der Lage sofort erkannt. Er lief vor den Sanitätern her und hielt die Bahn frei.

»Aus dem Weg! Aus dem Weg!«, schrie er, so laut er konnte. Und weil alle wussten, wie kräftig er war, sprangen die meisten sofort zur Seite.

Nur einmal stellte sich ihnen ein Junge in den Weg. Er hielt eine Fotokamera in der Hand und richtete sie auf Nina. Es blitzte zweimal auf, bevor ihn Markus am Kragen packte und auf die Seite zerrte.

»He, sieh dich vor!«, zeterte der Junge. »Wohl noch nie was von Pressefreiheit gehört, was?«

Aber Markus hörte gar nicht richtig hin. Er rannte weiter, öffnete die großen Flügeltüren des Schulportals und begleitete die Sanitäter nach draußen.

Dort wartete schon ein Krankenwagen auf sie. Die Männer schoben die Trage mit der ohnmächtigen Nina in das Auto.

Einer von den Sanitätern klopfte Markus auf die Schulter: »Danke, Junge. Ohne dich hätte alles viel länger gedauert.«

Markus ließ sich nicht anmerken, wie stolz er war. Schnell sagte er: »Und? Was hat sie denn?«

Doch der Mann war sehr in Eile. Schon lief er um das Fahrzeug herum und öffnete die Beifahrertür.

Markus ließ nicht locker. »Was sie hat? Können Sie mir das nicht sagen?«

Der Mann kletterte ins Auto. Sein Kollege hatte den Motor schon angeworfen. Mit einem lauten Scheppern fiel die Tür zu.

Markus klopfte ans Fenster.

Da kurbelte der Mann die Scheibe runter. Und während sein Kollege den Gang einlegte und kräftig Gas gab, rief er Markus noch zu: »Wir wissen es nicht genau. Aber wenn du mich fragst …« Der Wagen rollte an. »Also wenn du mich fragst, hat sie die Schlafkrankheit!«

Dann ertönte das Martinshorn so laut, dass Markus unmöglich verstehen konnte, was der Mann ihm sonst noch zurief. Aber das war halb so schlimm. Er hatte ohnehin genug gehört.

4

Karl packt aus

»Blitzkurier«, so hieß die größte Zeitung der Stadt. Wenn irgendwo irgendwem irgendwas passierte, dann stand es im »Blitzkurier«. Und weil »Blitz« bedeuten sollte, dass die Berichte mit vielen Fotos illustriert wurden, war der »Blitzkurier« voll mit bunten Bildern. Das hatte einen entscheidenden Vorteil: Es war nicht mehr viel Platz für Buchstaben. Also musste man nicht so viel lesen. Höchstens die großen Überschriften.

Über eine dieser Überschriften stolperte Maria am nächsten Tag. Sie hatten gerade zu Mittag gegessen, als sie den »Blitzkurier« in Vaters Sessel liegen sah.

»Unheimliche Schlafkrankheit an unserer Schule!«, stand da in großen Buchstaben. Und schon merkte man, dass es wirklich reichte, die Überschrift zu lesen. Denn Maria war sofort über alles informiert. Sie schnappte sich die Zeitung, rannte zum Telefon und benachrichtigte die Freunde: erst Markus und danach Karl, der am Morgen aus dem Krankenhaus entlassen worden war.

Dann spurtete sie schnell wie der Blitz aus dem Haus,

sprang aufs Rad und trat in die Pedale, dass die Kette fast gerissen wäre.

Wenig später ging es im Geheimversteck der drei Freunde hoch her. Und das lag nicht etwa daran, dass sich das Versteck ganz oben im Turm der Burg Ritterschlag befand. Es lag daran, dass Maria den Zeitungsbericht an die Wand geklebt hatte und einige Abschnitte laut vorlas.

»Die geheimnisvolle Krankheit war zuerst aufgetreten, als ein Junge beim Sportfest vom Seil stürzte. Wie

der ärztliche Befund ergab, ist er beim Klettern einfach eingeschlafen …«

Markus schüttelte verständnislos den Kopf. »Woher wissen die das?«

»Warte!«, meinte Maria. »Es geht noch weiter.« Sie fuhr mit dem Zeigefinger über die Zeilen. Als sie die richtige Stelle gefunden hatte, fuhr sie fort: *»Einen Tag später fiel eine Schülerin in Tiefschlaf. Erst nach vier Stunden wachte sie im Krankenhaus wieder auf. Ein modernes Dornröschen, könnte man meinen. Doch anders als im Märchen hat sich das Mädchen nicht an einem Dorn gestochen. Gut unterrichtete Kreise vermuten, dass ihr ein Schlafmittel verabreicht wurde. Nun fragen sich alle: Wer könnte ein Interesse daran haben, dass die Schüler reihenweise in Tiefschlaf fallen? Wer ist der Täter?«* Maria tippte mit dem Finger auf der Zeitung herum. »Aber das Tollste!«, erklärte sie, »das Tollste sind die Bilder. Seht nur!«

Sie deutete auf ein Foto, auf dem Karl zu sehen war, wie er am Boden der Turnhalle lag. Auf dem nächsten Bild wurde er auf einer Trage aus der Turnhalle geschleppt. Daneben befanden sich zwei Aufnahmen mit Nina.

Markus erinnerte sich sofort! Da war doch dieser Fotograf gewesen! Der musste die Bilder geschossen haben.

»Ich habe gesehen, wer die gemacht hat!«, behauptete er.

»Würdest du ihn wiedererkennen?«, fragte Maria.

»Wenn's sein muss!«

»Gut. Das könnte noch nützlich für uns sein. Aber jetzt zu etwas ganz anderem.« Sie drehte sich um und warf Karl einen prüfenden Blick zu. »Du weißt hoffentlich, was ich meine?«

Bis jetzt hatte Karl noch nichts gesagt. Wenn er ehrlich war, hätte er auch am liebsten weitergeschwiegen. Aber Maria machte sofort klar, was sie davon hielt: »Jetzt stell dich bloß nicht so an! Findest du nicht, dass genug passiert ist? Zwei Fälle haben wir schon. Willst du etwa, dass sich erst jemand den Hals bricht?«

Man sah Karl an, wie er mit sich kämpfte.

Maria wollte weiter auf ihn einreden. Doch Markus zupfte sie am Arm. Wenn er sich nicht täuschte, dann war der Freund bald so weit. Karl wusste nur noch nicht ganz, wo er anfangen sollte.

Und Markus täuschte sich nicht. Mit kratziger Stimme sagte Karl: »Also gut. Wenn ihr unbedingt wollt. Ich hab da was genommen!«

Maria und Markus sahen sich verdutzt an.

»Was soll das heißen?«, wollte Maria wissen.

»Na ja. Damit ich schneller das Seil raufklettern kann.«

»Hab ich's mir doch gedacht!«, stöhnte Markus. »Du warst also tatsächlich gedopt! Wie hättest du es auch sonst so weit nach oben schaffen können!«

Da blitzte es in Karls Augen auf, dass beinahe seine Brillengläser geschmolzen wären. Wütend fuhr er Markus an: »Du brauchst gar nicht zu denken, dass ich zu schlapp bin, so ein bekloptes Seil raufzuklettern. So schnell wie du bin ich schon lange. Nur nicht so schnell wie Tobias.«

»Deshalb hast du also was genommen?«, erkundigte sich Maria vorsichtig.

Karl kramte in seiner Hosentasche herum. Er zog ein Plastikröhrchen hervor und reichte es Maria. »Da habt ihr's! Das ist alles!«

Maria begutachtete den schmalen Behälter und las vor, was darauf geschrieben stand:

»Kraftstoff. Tanken Sie Energie! – Inhalt: Zehn Brausetabletten.« Sie schüttelte das Röhrchen. Dann drehte sie den Deckel ab und schaute hinein. »Aha!«, meinte sie und kippte den Behälter auf den Kopf, sodass die Tabletten herausrutschten und in ihrer Hand landeten.

»Das sind aber nur acht!«, stellte sie fest.

»Eine hab ich ja auch schon genommen«, erklärte Karl.

»Und die andere?«, wollte Markus wissen.

»Die hat Doktor Frühsorge untersucht.«

»Ach ne!«, beschwerte sich Maria. »Woher hat er die denn gehabt?«

»Von mir. Von wem denn wohl sonst?«

Markus konnte es nicht glauben. Fassungslos meinte er: »Das heißt, du hast dem Doktor alles erzählt?«

Karl nickte. Da seufzte Maria enttäuscht: »Dann hast du ihm ja mehr vertraut als uns!«

»Ihr hättet mich doch nur ausgelacht«, meinte Karl leise.

»Du spinnst ja!«, schimpfte Markus.

Da schüttelte Maria ganz sachte den Kopf. »Leider nicht!«, stellte sie klar. »Er hat nämlich Recht. Du warst es doch, der gesagt hast, dass er ohne Doping nie im Leben das Seil hinaufkommen würde. Oder etwa nicht?«

»Na und? Stimmt doch auch!«

»Das müssen wir erst beweisen. Sag mal, Karl, was war denn in den Tabletten drin? Was hat der Doktor herausgefunden?«

Karl breitete die Arme aus. »Nichts! Rein gar nichts. Die reinsten Vitaminbomben. Vitamin A, B, C, D und was weiß ich noch alles. Ach so, und ein paar Mineralstoffe. Magnesium und so. Weiter nichts.«

»Also kein Schlafmittel?«, rief Markus erstaunt aus.

»Sag ich doch! Kein Schlafmittel. Kein gar nichts. Dem Doktor ist es auch ein Rätsel, dass ich einfach so eingeschlafen bin. Jedenfalls war ich nicht gedopt! So viel ist sicher. Das Seil bin ich ganz allein raufgeklettert!«

»Ist ja schon gut!«, lenkte Markus ein und spielte verlegen an seinem Ohrring herum. Schließlich meinte er ratlos: »Jetzt weiß ich auch nicht weiter. Hast du sonst noch irgendwas gegessen oder getrunken?«

»Nichts. Ich wollte ja nicht unnötig schwer sein, wenn ich am Seil hochturne.«

»Das leuchtet ein«, bestätigte Markus.

Und Maria fügte hinzu: »An den Tabletten hat es also nicht gelegen.«

Für eine ganze Weile herrschte Funkstille zwischen den Kindern. Schließlich war es wieder einmal Karl, der einen Einfall hatte: »Trotzdem! Es muss an den Tabletten gelegen haben! Die waren das Einzige, was ich vor dem Wettkampf gegessen habe!«

»Wenn aber doch kein Schlafmittel drin war!«, stöhnte Markus.

Da lächelte Karl pfiffig und erklärte: »In den restlichen neun Tabletten war keines drin. Aber vielleicht in der allerersten!«

»Was willst du damit sagen?«, fragte Maria.

»Denkt doch mal nach! Vielleicht wollte ja jemand, dass ich abstürze. Und damit man das nicht beweisen kann, hat er nur eine Schlaftablette ins Röhrchen gesteckt. Die oberste! Denn die würde ich als erste schlucken. Die anderen Tabletten waren ganz normal. Reinste Vitaminbomben. Und wo es keinen Beweis gibt, da gibt es auch keinen Täter. Klaro?!«

Markus schlug sich mit der Faust in die flache Hand, dass es laut klatschte. »Mensch, Karl! Von mir aus brauchst du gar nicht unter irgendwelchen Hallendächern rumzuklettern. Als Detektiv bist du nämlich schon ganz weit oben. Einsame Spitze bist du da!«

Karl schaute verlegen zu Boden. »Meinst du wirklich?«, stotterte er.

»Aber klar doch!«, bekräftigte Markus. »Und jetzt verrat mir nur noch, von wem du die Packung gekauft hast!«

Karl wagte es nicht, aufzuschauen. Denn die Freude über das Lob von Markus stand ihm so sehr ins Gesicht geschrieben, dass es ihm peinlich war. Er sagte nur: »Das weiß ich leider auch nicht!«

»Das weißt du nicht?«, stieß Markus gequält hervor.

»Aber dafür weiß ich was anderes!«, erwiderte Karl und blickte endlich auf. Seine Miene war auf einmal total ernst. Seine Augen hatten etwas Entschlossenes, als er sagte: »Ich weiß, wie wir an den Typen rankommen!«

5

Große Geschäfte

Am nächsten Tag hatten die drei Freunde nach der vierten Stunde aus. Das traf sich gut, da sie in der letzten großen Pause auf Verbrecherjagd gehen wollten.

Zunächst gab es aber nicht viel zu jagen. Denn Karl und Markus hatten sich in die Jungentoilette verkrochen. Sie versteckten sich in einer der Kabinen und warteten, dass etwas geschah.

»Und du meinst wirklich, er kommt?«, flüsterte Markus ungeduldig.

»Wie oft soll ich es dir noch sagen?«, erwiderte Karl genervt. »Ich weiß nur, dass bei mir die Übergabe hier stattgefunden hat. Kann sein, dass sich der Kerl inzwischen einen anderen Ort ausgesucht hat, an dem er seine Tabletten verkauft.«

»Kann aber auch nicht sein!«, meinte Markus.

»Genau!«, antwortete Karl kurz und knapp. Denn eigentlich hatten sie sich vorgenommen, so wenig wie möglich zu reden. Immerhin mussten sie auf der Hut sein und genau hinhören, ob jemand den Raum betrat.

Die Jungen waren keine Sekunde zu früh verstummt. Plötzlich stieß jemand die Tür zum Toilettenraum auf und sie konnten Schritte hören.

Markus beugte sich hinunter und spähte unter der Kabinenabtrennung hervor. Das, was er sah, versetzte ihm einen Riesenschrecken!

Ein paar schwarze, spitze Schuhe watschelten auf die Kabinen zu. Jemand rüttelte an einer Tür nach der anderen. Gleich würde er bei ihnen ankommen. Sie mussten handeln! Doch was sollten sie tun?

Schon wurde ihre Klinke heruntergedrückt. Sie hörten ein Stöhnen. Dann raunte ihnen eine rauchige Stimme zu: »Lukas Behrens! Bist du das?«

Karl und Markus schauten sich verzweifelt an.

»Lukas Behrens, hab ich gefragt!«

Diesmal zögerte Karl keine Sekunde. Er flüsterte zurück: »Ja doch. Hast du die Lieferung dabei?«

»Na, also!«, brummte der andere zufrieden.

Die zwei Freunde hörten, wie er die Kabine neben ihnen betrat: Eine Tür wurde geöffnet, wieder geschlossen und ein Riegel vorgeschoben. Eine Plastiktüte raschelte. Der Kerl schien seine Ware auszupacken. Bevor er jedoch zum Geschäftlichen kam, schimpfte er: »Du bist zehn Minuten zu früh! Weißt du das?«

Markus zuckte zusammen. Was sollten sie darauf

antworten? Eigentlich hatten sie sich die Sache ganz anders vorgestellt. Sie wollten nur warten, bis der Schwarzhändler seine Ware verkauft hatte. Danach wollten sie ihn verfolgen. Dass sie sich jetzt selbst für einen Käufer ausgeben mussten, damit hatte er nicht gerechnet.

Doch Karl reagierte blitzschnell. Er sagte: »Die Luft war gerade rein. Hätte ich warten sollen, bis jemand kommt?«

Stille.

Der Kerl sagte eine ganze Weile nichts. Dann erst antwortete er: »Ist ja schon gut. Hast Recht. Was ist mit der Kohle? Hast du die dabei?«

»Klar!«, antwortete Karl selbstsicher.

»Dann schieb rüber!«

Markus war ratlos. Er wusste ja nicht, was sie bezahlen mussten. Doch wieder reagierte Karl geistesgegenwärtig: »Bleibt es dabei? Oder lässt du noch mit dir handeln?«

In der anderen Kabine ertönte ein unwirsches Grunzen. »Nie im Leben. Hier wird nicht gefeilscht. Zehn Euro und keinen Cent weniger!«

Karl hätte weinen und lachen können. Einerseits hatte sein Trick funktioniert. Nun wusste er, wie hoch der Preis für die bestellten Tabletten war. Andererseits waren zehn Euro eine Menge Geld. Zähneknirschend zog er sein Portmonee aus der Tasche, nahm einen Zehneuroschein heraus und steckte ihn unter der Kabinenwand durch.

»Na also!«, raunte der andere.

Danach raschelte es wieder. Eine Tüte wurde unter der Abtrennung durchgeschoben. Und während Karl sie aufhob und hineinschaute, hörten sie schon, wie

eine Kabinentür zugeknallt wurde und sich ein paar Schritte schnell entfernten.

»Komm schon!«, zischte Markus. »Die Ware können wir uns später anschauen!«

Und damit sprang er aus der Kabine, hetzte durch den Toilettenraum und rannte hinaus auf den Pausengang. Er spähte nach rechts und nach links. Aber da waren noch ein paar Schüler aus höheren Klassen, die sich auf dem Weg in ihre Klassenzimmer befanden. So war es unmöglich, festzustellen, wer ihnen die Tabletten angedreht hatte. Denn sie wussten ja nicht, wie der Kerl aussah. Sie kannten nur seine Schuhe und die konnten sie aus der Entfernung auch nicht entdecken.

Also schaute Markus einfach geradeaus. An der gegenüberliegenden Wand lehnte Maria. Sie lächelte übers ganze Gesicht und zeigte auf ihre Digitalkamera. Der kleine Fotoapparat war in ihrer Jacke verborgen, die sie unter dem Arm trug. Und das Objektiv schaute ganz unauffällig aus einem Ärmel hervor.

»Alles im Kasten!«, freute sie sich und zeigte nach rechts. »Übrigens, der Typ ist dahin verschwunden.«

»Dann nichts wie hinterher!«, befahl Markus.

Und schon rannten sie zu dritt dem Schulportal entgegen.

6

Die Schönheitsfarm

Die Drei hätten sich gar nicht so zu beeilen brauchen. Denn ihr »Flüchtling« hatte die Ruhe weg.

Als sie zum Schulportal hinausrannten, wartete er schon. Natürlich nicht auf sie. Sondern auf den Bus. Er stand seelenruhig an der Haltestelle. Offensichtlich hegte er nicht den geringsten Verdacht, dass ihm jemand folgen könnte.

So unauffällig wie möglich postierten sich die Drei im Rücken des Jungen. So konnten sie ihn genauer betrachten.

Der Typ stand nicht nur da wie eine Schaufensterpuppe. Er sah auch aus wie eine! Seine Haare waren streng nach hinten gekämmt, als wären sie angeklebt. Sein Gesicht war so ebenmäßig, als wäre es geschminkt: Kein noch so kleines Pickelchen und keine Falte störten das Bild. Aalglatt! Das war das Wort, das einem einfallen musste, wenn man diesen Typen sah. Und da passte es nur zu gut, dass er auch noch in einem schwarzgrauen Anzug steckte, der so matt glitzerte wie die Haut eines Fischs. Zum Glück schien der Kerl in Parfüm gebadet zu haben. Wer weiß, wie er sonst gerochen hätte!

Als der Bus kam, stolzierte er hinein, als hätte man ihm einen roten Teppich ausgerollt. Seine Stimme klang auch gar nicht mehr so rau wie vorhin. Vermutlich hatte er sie nur verstellt. Jetzt flötete er dem Fahrer zu: »Guten Tag, mein Verehrtester! Einmal Haltestelle Rosengarten, wenn es möglich ist, bitte!«

Der Mann sah den feinen Pinkel verdutzt an. Dann schüttelte er nur den Kopf und gab ihm den Fahrschein.

»Danke schön, danke sehr!«, trötete der Kerl. Er trippelte zur hintersten Bank und nahm vornehm Platz.

»Dreimal Haltestelle Rosengarten, bitte!«, sagte Markus, als der Schönling weit genug weg war.

Er bezahlte die Karten. Dann setzten sie sich auf eine Bank, die entgegengesetzt zur Fahrtrichtung angebracht war. So konnten sie den merkwürdigen Typen im Auge behalten. Man konnte ja nie wissen, ob er nicht doch noch vorher das Weite suchte. Aber dafür war sich der Junge seiner Sache viel zu sicher. Gelangweilt schaute er aus dem Fenster. Und erst als an einer der Haltestellen das Schild »Rosengarten« zu lesen war, stand er auf, klopfte sich den Staub von seinem Anzug und schwebte aus dem Bus.

Die drei Freunde natürlich hinterher!

Ohne sich auch nur einmal umzusehen schritt der Schönling voran.

Die Kinder folgten ihm in gebührendem Abstand. Neugierig schauten sie sich um. Die Gegend, in der sie gelandet waren, hatte überhaupt nichts mit einem Rosengarten gemeinsam. Ganz im Gegenteil! Die Häuser waren ziemlich heruntergekommen. Eigentlich waren es mehr Hallen, in denen irgendwas gelagert wurde. Vermutlich wohnte hier niemand. Denn sie kamen an mehreren großen Industriegebäuden vorbei. An einem war eine rote Leuchtschrift angebracht.

»So ein Zufall!«, raunte Maria den anderen zu.

»Der ›Blitzkurier‹«, flüsterte Markus.

»Na, wenn das nichts zu bedeuten hat!«, bekräftigte Karl.

Sie waren nur kurz abgelenkt gewesen. Doch das hatte genügt! Ihr Flüchtling war verschwunden. Er musste in eine Seitenstraße eingebogen sein.

»Kommt!«, zischte Maria und preschte voran.

Bis zur nächsten Kreuzung waren es nur ein paar Meter. Kurz davor blieb sie stehen und spähte um die Ecke.

»Ich hab ihn!«, flüsterte sie und nickte den anderen zu, die dicht hinter ihr standen. Dann bogen sie in die Straße ein.

Sie hatten den Jungen nur wenige Meter verfolgt, da verschwand er wieder von der Bildfläche. Zum Glück hatten sie sich die Stelle gemerkt, wo der Kerl abgebogen war.

»Vermutlich sind wir ganz nah am Ziel!«, meinte Maria und winkte den Freunden zu. »Mir nach!«

Auf Zehenspitzen rannten sie über den Asphalt. Es war zwar gefährlich. Aber was blieb ihnen anderes übrig? Sie waren gerade hundert Meter gelaufen, als Maria abrupt stehen blieb. Sie hatte so urplötzlich Halt gemacht, dass Markus und Karl gegen sie prallten und sie fast umgestoßen hätten.

»Aua!«, entfuhr es Maria. Sofort presste sie die Hände vor den Mund. Doch da war es bereits zu spät. Der Kerl hatte sie gehört.

Er stand vor einem Metallschuppen, der dicht neben das Gebäude des »Blitzkuriers« gebaut war. Der sonderbare Blechkasten sah mehr aus wie eine kleine Garage. Jedenfalls nicht nach dem, was auf einem Schild zu lesen war, das auf die Eingangstür geschraubt war.

»Schönheitsfarm« stand darauf.

Das konnten die Drei gerade noch lesen, bevor der Junge herumwirbelte und sie erschrocken ansah.

»Wer seid ihr? Was wollt ihr? Wie kommt ihr hierher?« Er war so überrascht, dass er ganz vergaß, so verschnör-

kelt zu sprechen, wie er es dem Busfahrer gegenüber getan hatte.

Maria schaltete am schnellsten. Sie hob die Arme zum Himmel und rief: »Oh, das ist aber gut, dass wir Sie treffen. Wir haben uns nämlich verlaufen!«

Der Kerl sah sie ungläubig an und erkundigte sich: »Aha! Wo wollt ihr denn hin?«

»Zum ›Blitzkurier‹«, behauptete Maria.

»Und was wollt ihr da?«, fragte der andere. Seine

Stimme klang jetzt gar nicht mehr freundlich. Er wurde immer misstrauischer.

»Es ist nur, weil … Sie müssen nämlich wissen, dass …«, stotterte Maria.

»Wir haben dort ein Praktikum!«, kam ihr Karl zu Hilfe.

Der Junge sagte eine ganze Weile gar nichts. Er musterte die drei Kinder von oben bis unten. Ganz langsam hellte sich sein Gesicht wieder auf.

Schließlich säuselte er: »Hach, ihr fleißigen Kinderlein! Der Eingang zum Blitzkurier ist dort hinten!« Er zeigte in die Richtung, aus der sie gekommen waren.

»Danke schön, mein Verehrtester!«, konnte sich Maria nicht verkneifen zu antworten. Dann drehte sie sich um und zog die anderen zwei mit sich davon.

Das war ja gerade noch mal gut gegangen! Dachte sie zumindest. Aber da hatte sie nicht den bösen Blick gesehen, mit dem ihnen der Schönling hinterherglotzte.

7

Der schlafende Schöne

Drei Gestalten schlichen durch die gar nicht so dunkle Nacht.

Zwar hatte sich der Mond hinter dichten Wolken versteckt. Aber dafür war das Hauptgebäude des »Blitzkuriers« hell erleuchtet. Nachts um halb zwei arbeiteten die Druckmaschinen auf Hochtouren. Schließlich musste die Morgenausgabe der Zeitung rechtzeitig fertig werden.

Maria machte ihre Taschenlampe aus und meinte: »Die können wir ja wohl vergessen!«

Auch Markus knipste seine Lampe aus, erwiderte aber: »Abwarten! Die werden wir schon noch brauchen.«

Dann bog er in jene Seitenstraße ein, in der sie heute Vormittag die Schönheitsfarm entdeckt hatten. Auch hier war es beinahe taghell. Der Metallschuppen wurde von dem Licht beleuchtet, das aus den Fenstern der Fabrik nach draußen drang.

Maria sah Markus unwirsch an und winkte entmutigt ab: »Und deinen Plan kannst du auch abhaken! Da kannst du genauso gut versuchen um zwölf Uhr mittags in die Bank meiner Eltern einzubrechen. Vergiss es!«

»Wer hat denn gesagt, dass ich einbrechen will?«, protestierte Markus.

»Warum sollten wir sonst nachts um halb zwei hierher kommen?« Maria glaubte Markus kein Wort.

»Um uns umzuschauen. Sonst nichts!«

»Das hätten wir auch tags gekonnt!«

»Hätten wir nicht!«, wehrte sich Markus. »Oder hast du den Typen im Anzug schon vergessen?«

»Der wäre auch wieder gegangen.«

»Wäre er nicht.«

»Wäre er doch!«

»Wäre er …« Markus wurde jäh unterbrochen. Karl stellte sich zwischen die beiden streitenden Freunde und fragte Maria: »Kannst du mir mal eben dein Handy geben?«

Auf einmal schienen sich Maria und Markus wieder einig zu sein. Wie aus einem Mund fragten sie: »Wozu denn das?«

Karl sah sie strafend an und erwiderte: »Um die Polizei zu alarmieren. Wenn ihr weiter so rumbrüllt, kann ich denen gleich sagen, was wir hier vorhaben.« Ohne eine Reaktion der beiden abzuwarten, stapfte er auf das Grundstück der Schönheitsfarm.

Maria und Markus sahen ihm verdutzt hinterher.

»Wir sprechen uns noch!«, schimpfte Markus.

»Worauf du dich verlassen kannst!«, erwiderte Maria.

Dann folgten sie ihrem Freund, der sich bereits an dem sonderbaren Bau zu schaffen machte. Er tastete die Blechtür ab und schien an irgendetwas herumzufingern. Plötzlich fuhr er herum und schaute die beiden anderen verdutzt an. »Wisst ihr was?«, zischte er. »Es ist offen!«

»Ist nicht dein Ernst!« Markus wollte es nicht glauben.

»Wenn er es doch sagt!«, widersprach Maria.

»Schaut doch mal!«, beteuerte Karl und zeigte auf ein kleines Vorhängeschloss, dessen Sicherungsriegel aufgesprungen war. Karl nahm es ab und warf es Markus zu. Der hatte es kaum aufgefangen, als Karl der Tür schon einen Stoß gab. Mit einem lauten Quietschen sprang sie auf.

»Spinnst du? Willst du die halbe Nachbarschaft aufwecken?«, raunte ihm Markus zu.

Karl ließ sich nicht einschüchtern. »Die ist doch schon längst wach. Nach eurer ganzen Streiterei!« Er knipste die Taschenlampe an und tastete sich einen Schritt in den Schuppen hinein. Dann richtete er den gleißenden Strahl nach innen. Mit ruhiger Hand ließ er das Licht durch den Raum wandern. Erst die linke

Wand entlang, dann über die Rückseite und die rechte Wand zurück.

»Mmmh. Keiner da!«, flüsterte er. Aber dann blieb er wie vom Schlag getroffen stehen. Er wagte kaum zu atmen. Regungslos horchte er in die Dunkelheit hinein. Da war doch was!

»Was ist denn?«, erkundigte sich Markus.

Karl machte hinter seinem Rücken eine heftige Handbewegung. Da wusste Markus, dass die Lage ernst war.

Für einen Augenblick war es so still wie in einem einsamen Burgverlies, ganz weit unter der Erde.

Doch da war es schon wieder: dieses Geräusch!

Karl hatte es genau gehört. Er kannte es irgendwoher. Anstatt zu überlegen richtete er seine Taschenlampe nach unten und ließ den Strahl über den Fußboden wandern. Das Licht huschte über einen Karton, blieb kurz auf einem Schreibtisch haften, auf dem sich ein paar Stifte und ein Aktenordner befanden. Dann glitt der Strahl hinab und beleuchtete einen Stuhl, der umgekippt am Boden lag.

Karl tastete sich näher.

Das Geräusch war jetzt klar und deutlich zu hören.

Karl war sich hundertprozentig sicher, dass er es kannte. Er wollte gerade anfangen zu grübeln, da ging plötzlich alles furchtbar schnell. Zwischen Tisch und Stuhl entdeckte er ein Bein! Er wunderte sich noch, dass der Strahl so flackerte. Dabei war es nur seine Hand, die zitterte, während das Licht über den Bauch, die Brust und den Kopf einer Gestalt huschte! Sie lag ausgestreckt auf der Erde und schnarchte laut vor sich hin!

»Kommt sofort her!«, flüsterte Karl und drehte sich nach den Freunden um.

Dabei geschah es!

Markus stieß ihn in den Rücken. Karl stolperte über die Beine der Gestalt, verlor den Halt und stürzte mit ungebremstem Schwung gegen den Schreibtisch. Er ruderte mit den Armen, doch schon geriet der Tisch ins Wanken, sodass Karl das Gleichgewicht nicht mehr halten konnte und samt Tisch auf den Boden donnerte.

Das laute Krachen war mindestens bis zum Südpol zu hören. Es war kaum verklungen, da wartete schon die nächste Überraschung auf sie.

Normalerweise hätte Markus über den tollpatschigen Karl geschimpft. Aber dazu war er viel zu perplex über das, was sich nun ereignete. Oder besser: nicht ereignete! Die Gestalt am Boden blieb nämlich liegen. Sie schreckte nicht auf. Sie wachte nicht auf. Sie schnarchte einfach weiter vor sich hin.

Und während Maria sich um Karl kümmerte, kniete Markus neben dem regungslosen Körper und sah ihn sich genauer an. Als Maria und Karl endlich neben ihm erschienen und sich über die Gestalt beugten, hatte Markus den Fall schon halb gelöst.

»Damit wäre ja alles klar!«, meinte er und erklärte: »Der da läuft uns jedenfalls nicht weg!«

Maria und Karl erkannten die Gestalt sofort. Im Licht ihrer Taschenlampen sahen sie das maskenhafte Gesicht des Schönlings!

»Ist er etwa … ohnmächtig?«, fragte Maria.

»War Karl vielleicht ohnmächtig?«, entgegnete Markus siegessicher.

»Ach so!« Maria hätte sich ohrfeigen können. Schnell versuchte sie ihren Fehler wieder gutzumachen: »Ich weiß selbst, dass er nur schläft. Aber wie willst du beweisen, dass er ein Schlafmittel genommen hat?«

Markus grinste übers ganze Gesicht. Er hielt ein schmales Röhrchen hoch und meinte: »Das hat neben ihm gelegen. Ich habe bereits nachgezählt. Neun sind noch drin. Also hat er die zehnte genommen.«

»Und was soll das beweisen?«, blieb Maria hartnäckig.

»Na, was wohl? Dass es eine Schlaftablette war!«

Maria schüttelte heftig den Kopf. »Bei Karl konnten wir es auch nicht beweisen. Obwohl wir sogar seine Blutprobe hatten.«

Da wurde es Markus zu bunt. Er schmiss das Röhrchen auf den Boden und brüllte: »Du immer mit deinen Beweisen! Wir haben den Kerl auf frischer Tat ertappt, wie er uns seine Tabletten zugesteckt hat. Wir haben ihn bis zu seinem Versteck verfolgt. Und jetzt liegt er hier vor uns. Voll mit seinen eigenen Schlaftabletten! Was brauchst du denn noch für Beweise?«

Maria stand ein unendlich pfiffiger Ausdruck im Gesicht, als sie entgegnete: »Ich brauche gar keine Beweise. Das, was hier fehlt, ist etwas ganz anderes!«

»Was denn nun schon wieder?«, krächzte Markus.

Da warf Maria den Kopf in den Nacken, dass ihre Nasenspitze fast gegen die Decke gestoßen wäre. Sie hätte vor Freude laut singen können! Markus kam nicht drauf! Er kam einfach nicht drauf! Trallalla! Sie wusste als Einzige, was er übersehen hatte.

Ihre Stimme überschlug sich fast, als sie ausrief: »Das, was hier fehlt, ist ein Motiv! Oder weißt du vielleicht nicht, was das ist? Ein Motiv ist der Grund, aus dem ein Täter etwas getan hat. Und warum, glaubst du wohl, soll sich dieser Schönling selbst in Tiefschlaf versetzt haben? Warum wohl? Kannst du mir das mal sagen? Das gibt doch keinen Sinn!«

Maria hatte so schnell gesprochen, dass Markus Mühe hatte, ihr zu folgen. Aber er konnte nicht zu Ende denken, als Karl schon rief: »Bravo! Gut kombiniert, Maria! Das ist es, natürlich! Es muss einen anderen Täter geben! Da ist noch jemand, der hier mitspielt. Jemand, auf den wir noch überhaupt nicht gekommen sind!«

Er klopfte der Freundin begeistert auf die Schulter.

Maria wäre vor Stolz fast geplatzt. Aber sie versuchte sich nichts anmerken zu lassen. Sie lächelte Markus nur herausfordernd zu und sagte bloß das eine Wort: »Na?«

Markus hockte da wie ein Boxer, der gerade eine ganze Serie von Treffern eingesteckt hat. Er atmete tief und schwer. Um wenigstens irgendetwas zu sagen, meinte er: »Und? Was tun wir jetzt?«

Darauf hatte Maria nur gewartet. Sie stolzierte zu dem umgekippten Stuhl hinüber, stellte ihn wieder auf und setzte sich hin. Mit ihrem honigsüßesten Lächeln sagte sie: »Na, was wohl? Warten tun wir! Bis der Schönling wieder aufwacht.« Und damit gähnte sie herzhaft und ließ sich gegen die Lehne fallen.

8

Markus blickt durch

Die Sonnenstrahlen zwängten sich durch die Tür der Schönheitsfarm und landeten auf Marias Nase. Wie betäubt sah sie auf die Uhr. Es war Samstag. Viertel nach sieben. Verwundert schaute sie sich um. Ganz langsam kam die Erinnerung zurück: Die Eltern hatten ihr erlaubt, dass sie die Nacht im Turmversteck der Burg Ritterschlag verbringen durfte. Doch anstatt zu schlafen war sie mit Markus und Karl zum Versteck des Schwarzhändlers aufgebrochen. Um halb zwei waren sie in den Schuppen eingedrungen. Und dort hatten sie …

»Na, bist du endlich auch wach?«, hörte sie hinter sich eine vertraute Stimme.

Es war Markus. Er wanderte beschäftigt in dem Schuppen umher und meinte: »Na ja, wenigstens einer muss ja Wache halten.« Und damit zeigte er auf Karl, der den umgestürzten Schreibtisch offensichtlich als Bett missbrauchte: Er lag mit angewinkelten Beinen auf der Tischplatte und schlummerte friedlich vor sich hin.

Maria rieb sich den Schlaf aus den Augen und sagte

erstaunt: »Sag bloß, du bist die ganze Nacht wach geblieben?«

»Und ob«, erwiderte Markus. »Aber du kannst ganz beruhigt sein. Ist nichts Verdächtiges passiert. Der hier schläft immer noch.« Er zeigte auf den schlafenden Schönen, der sich nicht einen Millimeter vom Fleck gerührt hatte.

»Aber langsam müsste das Schlafmittel doch aufhören zu wirken«, vermutete Maria.

Markus grinste. »Das werden wir gleich sehen!«

Er schnappte sich eine Schaufel, die am Boden lag, und schlug sie mit aller Kraft gegen die Blechwand des Schuppens.

Ein Donnerschlag ertönte, der jedem Gewitter alle Ehre gemacht hätte. Als würde das noch nicht reichen, hieb Markus noch drei-, vier-, fünfmal auf die Wand ein. Dann erst ließ er die Schaufel zu Boden sinken und drehte sich um.

Zuerst sah er Maria, die sich die Ohren zuhielt. Danach Karl, der ein ganz verschrecktes Gesicht machte. Und schließlich den Schönling, der aus halb geöffneten Augenlidern hervorblinzelte und höflich sagte: »Ja, bitte? Herein!«

Die Drei konnten nicht anders: Sie brachen in schallendes Gelächter aus.

Der Typ sah sie verwundert an und meinte: »Ach, ihr seid schon drinnen. Na, dann. Was wollt ihr denn von mir?«

Die Freunde wussten nicht, was sie sagen sollten. Offenbar hatte der Kerl keine Ahnung, wo er sich befand. Jedenfalls sah er sich erst einmal ausgiebig im Raum um. Nur ganz allmählich schien er sich zu erinnern. Und so konnte man ihm dabei zusehen, wie er eine Gedächtnislücke nach der anderen stopfte.

Endlich sagte er: »Wer seid ihr eigentlich? Und was ist hier passiert?«

Doch so leicht ließ sich Markus nicht überrumpeln. »Sag uns erst mal, wer du bist. Dann sagen wir dir, was hier passiert ist.«

Der Junge war keinesfalls ungehalten. Er stellte sich höflich vor: »Oh, Entschuldigung. Natürlich. Gunnar Geck mein Name. Sehr angenehm.«

Die Kinder kicherten vor sich hin.

»Ich bin Maria!«, sagte Maria.

»Und ich Markus!«

»Und ich Karl!«

»Angenehm. Sehr angenehm. Aber nun sagt mir: Euch kenne ich doch. Sind wir uns nicht schon mal begegnet?«

Markus erwiderte gelassen: »Gestern. Wir waren schon mal hier.«

Gunnar strich sich über die Stirn. »Ach ja, ich glaube, ich erinnere mich.« Er wollte weiterreden. Aber Markus kannte keine Gnade: »Und davor sind wir uns schon mal begegnet. Auf dem Jungenklo. Als du uns deine verdammten Tabletten verkauft hast.«

»Oh«, sagte Gunnar. »Dann wisst ihr also Bescheid?«

»Wir wissen alles!«, behauptete Markus und zeigte auf den alten Apothekerschrank, der an der Rückwand des Schuppens stand. Er zog eine Schublade nach der anderen heraus, kramte aus jeder gleich mehrere Röhrchen hervor und sagte: »Du hast ja die halbe Schule mit deinen Pillen versorgt.«

Gunnar war sich offensichtlich keiner Schuld bewusst. Er nahm Markus ein paar Röhrchen ab und meinte: »Ach das. Das ist doch alles halb so wild. Seht nur. Die hier, wo ›Kraftstoff‹ draufsteht. Das ist nichts anderes als Vitamine mit ein paar Mineralien. Oder hier, der ›Zensurenzaubertrank‹, der reinste Traubenzucker. Alles völlig harmlos!«

Da wurde Markus richtig böse: »Aber dass du sie heimlich auf dem Jungenklo verkaufen musst, weil du nämlich gleich zehn Euro pro Packung verlangst, das ist auch völlig harmlos! Heh?«

Gunnar breitete die Arme aus. »Wer stark sein will, muss leiden!«, behauptete er.

»Die verdammten Dinger machen doch überhaupt nicht stark!«, stellte Markus klar. »Jedenfalls nicht stärker als all die anderen Vitamintabletten, die man für einen Euro im Supermarkt kriegt!«

Und Maria schimpfte: »Das ist ja wohl die fieseste Nummer, die mir je untergekommen ist!«

Aber auch dafür hatte der Schönling die passende Antwort parat: »Na, na, Fräulein! Es ist ja wohl tausendmal fieser, Schlafmittel unter die Tabletten zu mischen.«

Maria sah Gunnar schräg an. »Aha. Das weißt du also! Dann hast du doch etwas damit zu tun.«

Zu ihrer Überraschung war es nicht Gunnar selbst, der widersprach. Markus schien nur auf diese Gelegenheit gewartet zu haben: »Falsch kombiniert!«, meinte er. »Er hat es aus dem ›Blitzkurier‹. Schau mal, was ich hier gefunden habe!« Er hob eine zerknitterte Zeitung hervor und reichte sie Maria.

Gunnar setzte sein liebenswürdigstes Lächeln auf. »Respekt, Herr Detektiv. Genau so ist es. Deshalb bin ich abends noch einmal zurückgekommen. Ich wollte die nächsten Lieferungen überprüfen. Ob da vielleicht wirklich Schlafmittel in den Packungen ist.«

»Und?«, hakte Markus nach. »War welches drinnen?«

Gunnar zuckte die Schultern. »So weit bin ich nicht

gekommen. Als ich in die Schönheitsfarm kam, wurde ich nämlich bereits erwartet.«

»Vor!«, mischte sich Karl ein. »Du meinst sicher, du wurdest *vor* der Schönheitsfarm erwartet. Oder hattest du die Tür nicht abgeschlossen?«

»Nein! Das ist es ja gerade. Ich wurde drinnen erwartet. Jemand hat sich an meinen Sachen zu schaffen gemacht. Ich weiß auch nicht, wie der reingekommen ist. Das Schloss war nämlich zu, als ich gekommen bin!«

»Und einen anderen Eingang gibt es nicht?«, erkundigte sich Karl.

»Siehst du etwa einen?«

»Nein«, musste Karl zugeben. »Aber dann versteh ich es wirklich nicht. Wenn der Riegel verschlossen war, kann doch keiner drin gewesen sein.«

»Eben«, bestätigte Gunnar. »Und ich kann euch noch nicht mal verraten, wer es war, weil der Kerl vermummt war. Er hat mich gefangen genommen. Und dann hat er ein Röhrchen hervorgeholt, das er gerade in meinem Schrank verstecken wollte. Er hat es aufgemacht und mich gezwungen, eine von den Tabletten zu schlucken. Na ja, und was dann passiert ist, das könnt ihr euch ja denken!«

»Dann war das der Täter!«, behauptete Karl.

Und Maria stöhnte: »Der große Unbekannte! Das kann Jahre dauern, bis wir den finden.«

Da wurde Gunnar zum ersten Mal richtig nervös. Er zeterte: »Aber so viel Zeit haben wir nicht. Ich hab in der letzten Woche über vierzig Lieferungen verkauft. Wenn nur in einer eine Schlaftablette ist, dann ist einer meiner Kunden in ernster Gefahr.«

»Das darf doch nicht wahr sein!«, erschrak Maria. »Hast du wenigstens die Adressen oder die Telefonnummern?«

»Nein«, erwiderte Gunnar. »Woher denn, ich weiß nur die Namen meiner Kunden! Mehr brauche ich doch nicht!«

»Stimmt auch wieder«, musste Maria zugeben. »Dann hilft nur noch eins! Wir müssen den Täter finden!«

»Aber wir haben ja nicht mal eine Spur!« Gunnar klang furchtbar verzweifelt. Er raufte sich so sehr die geölten Haare, dass sie wie Igelstacheln abstanden. Auf einmal schien er neue Hoffnung zu schöpfen. Er sah ausgerechnet zu Markus hinüber und fragte: »Und du? Weißt denn nicht mal du eine Lösung?«

Einen größeren Gefallen hätte er Markus gar nicht tun können. Der warf sich mächtig in die Brust und behauptete: »Klar doch. Im Gegensatz zu euch habe ich bereits eine Spur gefunden.«

»Duuuu?«, rief Maria aus.

»Ja, ich!« Markus stolzierte zur rechten Seitenwand des Schuppens. Er zeigte auf einen Metallschrank, der dort stand, und fragte: »Wisst ihr, was sich dahinter verbirgt?«

»Hinter der Wand?«, meinte Gunnar. »Na, das Fabrikgebäude vom ›Blitzkurier‹.«

»Exakt!«, bestätigte Markus. »Aber da ist noch was!« Er warf Maria einen triumphierenden Blick zu und verkündete: »Aber da kommt man natürlich nicht drauf, wenn man die ganze Zeit schläft.« Und damit packte er den Metallschrank und rückte ihn gut einen Meter zur Seite.

Die anderen rieben sich verwundert die Augen. Da, wo eben noch der Schrank gestanden hatte, klaffte ein großes Loch in der Metallwand. In dem Loch konnte man die Betonmauer der Druckerei sehen. Und in der Mauer befand sich noch etwas: »Eine Tür!«, schrie Maria auf und stürzte an Markus vorbei, um an der Klinke zu rütteln. »Zu!«, stieß sie enttäuscht hervor.

»Hier muss er reingekommen sein!«, brüllte Gunnar. »Wie hast du das nur rausgefunden?«

Markus tippte sich an die Nase und meinte: »Das richtige Gespür. Darauf kommt es an.«

Maria wusste auch nicht, wie es geschah. Vermutlich lag es daran, dass sie so erleichtert war. Jedenfalls musste sie wie aus heiterem Himmel lachen. Sie rief Markus fröhlich zu: »Du Pappnase! Manchmal hast du einen richtig guten Riecher!«

Markus war unheimlich froh, dass seine Freundin mal nicht mit ihm schimpfte. Im Gegenteil! Sie verteilte sogar Komplimente! Dann wollte er auch nicht länger nachtragend sein. Als würden sie einen langen Streit beenden, reichte er ihr die Hand: »Frieden?«

»Frieden!«, bekräftigte Maria und schlug ein.

Und Karl meinte nur: »Na, prima. Dann können wir ja von jetzt an wieder gemeinsam ermitteln!«

9

Ermittlungen auf Hochtouren

Es hätte nicht viel gefehlt und aus dem Turm der Burg Ritterschlag wäre Rauch nach draußen gedrungen. So sehr qualmten die Köpfe der drei Freunde vor lauter Nachdenkerei.

Sie hatten sich in ihr Turmversteck zurückgezogen, um absolute Ruhe zu haben. Gunnar Geck hatte sie zwar fürchterlich genervt, weil er unbedingt dabei sein wollte. Aber darauf konnten die Drei keine Rücksicht nehmen. Also hatten sie den Jungen einfach sitzen lassen.

Jetzt stand Markus vor der großen Schiefertafel im Geheimversteck der Drei und notierte den Stand der Dinge.

»Also«, begann er, »eigentlich ist es ganz einfach. Als Erstes haben wir Gunnar Geck. Der verkauft Tabletten, die kräftiger, schöner und schlauer machen sollen. So weit alles klar?«

Die anderen beiden nickten.

Und Markus kritzelte ein G wie Gunnar an die Tafel. Darunter malte er ein T wie Tabletten.

Dann fuhr er fort: »Jemand bricht durch die Geheimtür in die Schönheitsfarm ein und mischt ein Schlafmittel unter die Tabletten. Dieser Jemand ist zurzeit noch unbekannt. Richtig?«

Wieder nickten Maria und Karl.

Also notierte Markus ein J wie Jemand und malte ein großes Fragezeichen daneben. »Und nun wartet dieser Jemand in aller Seelenruhe ab, bis Gunnar die Schlaftabletten verteilt. An ungefähr vierzig Kunden. Stimmt doch, oder?«

Diesmal nickte nur Maria.

Karl meinte: »Das ist noch nicht erwiesen. Genau genommen wissen wir nicht, ob der große Unbekannte überall ein Schlafmittel reingetan hat. Kann doch auch sein, dass er es nur bei ein paar Röhrchen gemacht hat. Oder?«

Markus nickte. »Gut gedacht, Karl. Das wäre natürlich möglich. Wir wollen hoffen, dass du Recht hast.« Er wiegte das Stück Kreide in der Hand, dann malte er vierzig Kreise unter das J und kritzelte in jedes ein Fragezeichen. Als er fertig war, stellte er fest: »So, das wäre der momentane Stand.«

»Nicht ganz!«, widersprach Karl.

Markus tat verwundert. »Was denn noch?«

»Da wäre noch der Reporter vom ›Blitzkurier‹. Der spielt auch eine Rolle.«

Markus überlegte kurz. »Du hast schon wieder Recht. Alle Achtung!« Er spielte kurz an seinem Ohrring herum und meinte nachdenklich: »Und wisst ihr, was daran so verdächtig ist?«

Während er ein R wie Reporter an die Wand malte, hatten Maria und Karl Zeit, nachzudenken. Es war Ma-

ria, die zuerst einen Verdacht hegte: »Du meinst, dass der Reporter in beiden Fällen so früh zur Stelle war?«

Markus klatschte in die Hände. »Haargenau! Der Reporter muss in beiden Fällen vorher Bescheid gewusst haben. Ist das nicht verdächtig?«

»Und ob! Irgendwie muss er davon erfahren haben«, stimmte Karl zu. »Wir sollten so schnell wie möglich den Reporter finden. Vielleicht bringt der uns weiter.«

»Und wie willst du das anstellen?«, erkundigte sich Markus, der nicht ganz verstand, weshalb Karl so zuversichtlich war.

Doch wieder einmal erstaunte ihn sein Freund. »Nichts leichter als das! Gib mir mal die Zeitung.«

Markus reichte Karl den »Blitzkurier«. Der schmächtige Junge fing an darin zu blättern, nickte kurz und meinte: »Na also. Da haben wir es ja! Seht her! Das hier ist das Impressum. Da stehen alle Redakteure mit ihren Kürzeln. Könnt ihr euch erinnern, was unter unserem Bericht stand? Nicht? Dann will ich es euch sagen: PR stand darunter. Und jetzt wollen wir mal sehen, wer sich dahinter verbirgt.«

Maria und Markus sahen sich verdutzt an. Doch Karl ließ sich nicht abhalten. Sein Finger glitt über die Zeilen. Er schien etwas gefunden zu haben, denn er rief freudig aus: »Da ist er ja. Unser verehrter Herr PR. Patrick Reuther heißt er mit vollem Namen.« Karl stutzte kurz. Fassungslos rückte er sich die Brille zurecht. Aber das, was er da gelesen hatte, stand immer noch da. Also musste es wohl stimmen. Seine Stimme wurde ganz leise, als er sagte: »Und dieser Patrick Reuther, wisst ihr, mit wem der verwandt ist?«

Maria und Markus schüttelten die Köpfe. Woher sollten sie das auch wissen?

Karl half ihnen auf die Sprünge: »Mit niemand anderem als dem Inhaber des ›Blitzkuriers‹! Hier steht es schwarz auf weiß! Inhaber: Karlheinz Reuther. Wisst ihr, was ich glaube? Der gute Patrick ist niemand anderes als sein Sohn!«

Da machte Markus tatsächlich einen Riesensprung und rannte zum Telefon. »Das haben wir gleich!«, brüllte er, kramte das Telefonbuch hervor und blätterte darin herum. Als er den Namen Reuther gefunden hatte, wählte er eine Nummer und stellte auf Lauthören. So konnten die beiden Freunde verstehen, wer sich am anderen Ende der Leitung meldete.

»Ja, bitte. Reuther?«, meldete sich eine Frauenstimme.

»Oh, guten Tag, Frau Reuther!«, krächzte Markus in den Hörer und versuchte so tief wie möglich zu sprechen. »Ich bin ein Freund von Patrick. Dürfte ich den wohl mal sprechen?«

Die Frau schien zu überlegen. Erst nach einer kurzen Atempause antwortete sie: »Der ist nicht da.«

Die Kinder warfen sich verstohlene Blicke zu. Und während Maria und Karl vor Freude die Fäuste ballten, blieb Markus die Ruhe selbst. Er sagte höflich: »Das ist aber schade. Kann ich ihn vielleicht auf dem Handy erreichen?«

»Das hat er nicht mit. Am Wochenende will er nicht gestört werden.«

»Schade, zu schade«, wiederholte Markus. »Wo ist er denn?«

Man merkte, dass sich die Frau nicht mehr lange ausfragen lassen würde. Ihr Zähneknirschen war beinahe durch die Leitung zu hören, als sie erwiderte: »In der Disko. Er kommt erst spät abends wieder. Das müsstest du doch wissen, wenn du sein Freund bist!«

»Und in welcher Disko?«, fragte Markus schnell.

»Das musst du schon selbst herausfinden!«, schimpfte die Frau und knallte den Hörer hin.

Für ein paar Sekunden herrschte Funkstille. Die Drei starrten nur das Telefon an, als würde es anstelle von Frau Reuther zu ihnen sprechen.

Da es das aber nicht tat, sagte Markus: »Trotzdem sind wir jetzt einen ganzen Schritt weiter.«

»Zwei Schritte!«, behauptete Karl und erklärte: »Oder

glaubt ihr vielleicht an Zufälle?« Maria und Markus schauten ihn verwundert an. Also erklärte er: »Die Schönheitsfarm steht direkt neben dem ›Blitzkurier‹. Beide Gebäude sind durch eine Tür verbunden. Der ›Blitzkurier‹ gehört den Reuthers. Wenn ihr mich fragt, ist das ein Zufall zu viel. Der feine Patrick hat nämlich nicht nur von den Schlafkrankheiten etwas gewusst. Der wusste auch ganz genau, wie er in den Schuppen vom Gunnar kommt. Darauf könnt ihr Gift nehmen.«

»Mensch, Karl, du hast Recht!«, stöhnte Markus. »Dann war *er* also der geheimnisvolle Unbekannte, der in den Schuppen eingebrochen ist.«

»Sehr wahrscheinlich!«, nickte Karl.

»Aber wahrscheinlich viel zu spät!«, befürchtete Maria.

»Abwarten!«, meinte Markus.

»Was willst du denn tun?«, fragte Maria.

»Hab ich doch gesagt: abwarten. Bis morgen Früh. Aber dann schlagen wir gnadenlos zu!«

10

Der rächende Reporter

Das Haus der Familie Reuther lag weit entfernt vom Druckereigebäude des »Blitzkuriers«. Genau genommen befand es sich am anderen Ende der Stadt.

Die drei Freunde standen etwas unschlüssig vor dem riesigen Anwesen und fragten sich, ab welcher Zeit man dort wohl klingeln durfte. Denn schließlich war es Sonntagmorgen. Und bei den Reuthers waren alle Rollläden vor den Fenstern noch heruntergelassen.

Markus schaute auf die Uhr. »Halb acht«, brummte er. »Sind das vielleicht Langschläfer!« Er wollte sich gegen das Gartentor lehnen, doch die Tür gab einfach nach und ging auf. »Die ist ja offen!«, wunderte er sich. »Kommt, lasst uns reingehen. Vielleicht ist ja doch schon jemand wach und wir können im Haus Stimmen hören!«

Ohne abzuwarten, was seine Freunde dazu sagten, betrat er das Anwesen und stapfte über den breiten Schotterweg zu der prachtvollen Villa.

Maria und Karl folgten ihm auf Zehenspitzen.

Das war mal wieder typisch für Markus, dass er so vorpreschte! Maria hätte am liebsten ihrem Unmut Luft verschafft. Aber dazu hätte sie schreien müssen. Und das hätte alles nur noch verschlimmert. Also versuchte sie nur Markus einzuholen. Doch der hatte das Haus bereits erreicht und drückte das Ohr gegen die Tür.

Da geschah es! Markus zuckte zurück, sodass er gegen Maria prallte und sie mit sich zu Boden riss. Ein schriller Ton war erklungen, der es mit jeder Feuerwehrsirene aufnehmen konnte.

»Eine Alarmanlage!«, kreischte Maria.

Schon war sie aufgesprungen und rannte dem Gartentor entgegen. Markus folgte ihr. So erreichten sie Karl, der mit rudernden Armen am Tor auf sie wartete.

»Zu!«, schrie er verzweifelt. »Es ist zu. Sie haben das ganze Anwesen abgeriegelt.«

Hilfe suchend sahen sie sich um. Doch die zwei Gestalten, die auf sie zugelaufen kamen, sahen nicht so aus, als würden sie ihnen zu Hilfe eilen. Es waren zwei Männer in schwarzen Uniformen. Sie hatten einen Schäferhund an der Leine, der die Kinder anbellte, als wolle er sie verschlingen. Die Drei wagten nicht sich von der Stelle zu bewegen.

»Ruhig, Harro!«, befahl einer der Männer und zog an der Leine des Hundes. Dann sagte er zu seinem Kollegen: »Da haben wir ja die Eindringlinge. Na, die können sich auf was gefasst machen!«

Die Wachmänner führten die Drei zurück zur Villa der Reuthers. Die Alarmanlage hatten sie mit einer Fernbedienung ausgeschaltet. Sie schlossen die Haustür auf und schubsten die Kinder in eine große Eingangshalle.

»Ihr habt mehr Glück als Verstand«, erklärte einer der Männer. »Es ist nämlich nur der junge Herr Reuther da. Wenn der alte hier wäre, hätte er sofort die Polizei gerufen.«

Wie zur Bestätigung kam ein Mann aufgeregt die Treppe heruntergelaufen. Er steckte in einem langen Sommermantel und trug eine Schirmmütze, auf der das Wort »Presse« stand. Unter der blinzelte er hervor und rief: »Keine Zeit! Keine Zeit! Muss zum Dienst.«

Die Wachleute schlugen die Hacken zusammen und protestierten: »Aber Herr Reuther. Es ist doch eingebrochen worden!«

Als der Mann unten in der Halle angekommen war, bemerkten die Drei, dass er noch ziemlich jung war. Etwa achtzehn, höchstens zwanzig Jahre. Seine dicke Hornbrille, die ihm schräg auf der Nase saß, wirkte etwas zu alt für ihn. Dann aber wurden die Blicke der Kinder abgelenkt. Denn hinter dem Jungen kam noch eine Gestalt die Treppe herunter. Und die war so ungeheuerlich, dass sie ganz vergaßen, in welch verzwickter Lage sie sich befanden.

Die Gestalt hatte schmale Schultern und einen nach unten immer mächtiger werdenden Körper. Die Arme hingen wie dicke Würste herunter. Der Bauch war so unheimlich dick, dass er in mehreren fetten Kringeln auf die Oberschenkel rollte. Und die Schenkel selbst wirkten wie zum Zerreißen gefüllte Wasserbomben, die so sehr aneinander rieben, dass sie zu platzen drohten.

Die Gestalt wankte bei jedem Schritt. Und obwohl die Treppe von dicken Stahlträgern gestützt wurde, fingen die Stufen kräftig an zu beben.

Der junge Herr Reuther musste das bemerkt haben, denn er fuhr herum und rief der Gestalt zu: »Aber Daggi, Liebes. Du sollst dich doch nicht so verausgaben.«

Doch Daggi hatte offenbar ihren eigenen Kopf, denn sie antwortete: »Ist schon in Ordnung, Pat. Ich bin ja nicht krank. Und ein bisschen Frühsport tut mir auch ganz gut.« Zum Erstaunen der Drei hatte sie eine ganz helle, zarte Stimme. Und mit dieser Stimme fuhr sie fort: »Und wer seid ihr? Ihr wollt mir doch wohl nicht weismachen, dass ihr hier wirklich einbrechen wolltet?«

Die Freunde waren ganz verzaubert von dem zarten Wesen, das in einem so massigen Körper steckte.

Als Erster fand Karl die Sprache wieder. Er antwortete höflich: »Natürlich nicht, gnädige Frau. Es handelt sich um einen Notfall. Wir müssen Patrick sprechen. Es ist wirklich dringend.«

Im aufgedunsenen Gesicht der Frau blitzte ein freundliches Lächeln auf. »Ich bin doch keine gnädige Frau! Ich bin erst fünfzehn Jahre alt. Kannst ruhig Dagmar zu mir sagen.«

»In Ordnung, Dagmar«, übernahm jetzt Markus das Kommando. »Du weißt also nicht, weswegen wir hier sind?«

Dagmar wiegte den Kopf hin und her. »Nein. Woher soll ich das wissen?«

Markus antwortete nicht, sondern wandte sich an Patrick. »Und du? Hast du auch keine Ahnung?«

Der Junge überlegte. »Wir kennen uns doch!«, versuchte er sich zu erinnern. »Ich hab dich schon mal irgendwo gesehen.«

»Das kann ich dir sagen!«, bekräftigte Markus. »Ich hab dich aus dem Weg gestoßen, als du die Sanitäter behindert hast.«

»Wusst ich's doch«, meinte Patrick. »Und was willst du von mir?«

Da drängte sich Maria in den Vordergrund. Ihr dauerte alles viel zu lange. Mit spitzer Stimme sagte sie: »Wir wollen wissen, wem du diesmal dein verdammtes Schlafmittel verabreicht hast!«

Für ein paar Sekunden herrschte absolute Funkstille. Patrick schnaufte so sehr, dass seine Nasenflügel zitterten. Zur Überraschung der Drei versuchte er nicht, sich zu verteidigen. Es war sogar Dagmar, die als Erste antwortete: »Hast du es also doch getan, du Trottel!«

Es herrschte eine gespenstische Stille in dem großen

Saal. Patrick sah auf einmal völlig fertig aus. Doch plötzlich gab er sich einen Ruck und brüllte: »Der verdammte Kerl hat es nicht besser verdient. Sieh doch, was er aus dir gemacht hat!«

Dagmars Antwort kam blitzschnell: »Was hat er aus mir gemacht?«

»Na, schau dich doch an!«

Die drei Kinder verfolgten gebannt den Streit der Geschwister. Und je länger Dagmar sprach, umso mehr konnten sie nicht anders, als das Mädchen zu bewundern für das, was es sagte: »Ich schau mich jeden Tag an, du Trottel. Meinst du, dass mir das gefällt? Aber du weißt genau, dass ich daran nichts ändern kann. Sosehr ihr mich auf Diät setzt. Das weißt du ganz genau!«

»Aber die Tabletten? Dieser Typ von der Schönheitsfarm hat doch versprochen, dass du dadurch endlich abnimmst.«

»Denkst du, das hab ich geglaubt? Sei doch mal ehrlich! Du hast es so gewollt! Du hast es dir eingeredet, weil du es dir so sehr gewünscht hast. Aber am Ende haben die Tabletten genauso viel geholfen wie alles andere: nämlich nichts, hörst du! Nichts und wieder nichts!« Dagmar vergrub den Kopf zwischen den wurstigen Händen. Sie schämte sich so sehr. Trotzdem riss sie sich zusammen und schaute noch einmal auf: »Und nun sag endlich, was du mit Mutters verdammten Schlaftabletten gemacht hast!«

»Ich weiß gar nicht, was du hast!«, wehrte sich Patrick. »Einer musste dich doch rächen. Wenn ich noch einmal über ihn berichtet hätte, dann wäre er erledigt gewesen. Bitte lass mich noch einmal …«

»Was du damit gemacht hast, will ich wissen! Wem hast du sie gegeben?«

Die drei Freunde standen mit offenen Mündern da und schauten zu, wie sich die Geschwister stritten. Es geschah zum ersten Mal, dass sich ein Fall von ganz alleine löste: Niemand hätte Patrick besser zum Reden bringen können als Dagmar. So viel stand fest.

Man konnte dem Jungen ansehen, wie er mit sich kämpfte. Er schwitzte am ganzen Körper. Schweißperlen standen ihm auf der Stirn. Seine Brille war beschlagen.

»Wem?«, bohrte Dagmar nach.

Da ergab sich Patrick in sein Schicksal. »Dem Martin Eder.«

»Und wem sonst noch?«

»Nur dem Martin – und seiner Mannschaft.«

Dagmar wurde misstrauisch. »Seiner Mannschaft? Was macht denn der Martin Eder mit seiner Mannschaft? Heh?«

»Eine Wettfahrt auf einem Floß.«

»Und wann?«

»In einer knappen halben Stunde.«

»O nein!«, schrien Maria, Markus und Karl wie aus einem Mund. Denn sie wussten ganz genau, um was für eine Wettfahrt es sich dabei handelte. Die ganze Schule redete ja seit Wochen davon.

Jetzt durften sie wirklich keine Zeit mehr verlieren!

11

Der Sturzbach

Markus donnerte den Abhang zum Sturzbach hinunter. Die Straße war so steil, dass sein Tacho schon fünfzig Stundenkilometer anzeigte. Und bis zu der geheimen Stelle, an der die verbotene Floßwettfahrt starten sollte, waren es noch gut und gerne zwei Kilometer.

Trotz seiner hohen Geschwindigkeit schaute sich Markus um: Wie ein Radrennfahrer lehnte er dabei tief über den Lenker gebeugt und sah über seine linke Schulter hinweg. Aber da war keiner seiner Freunde zu sehen. Dass Maria ihm nicht folgte, war klar. Sie hatte die Aufgabe übernommen, die Polizei zu benachrichtigen. Wo Karl blieb, konnte sich Markus leicht erklären. Vermutlich war Karl das Tempo einfach zu schnell.

Aber natürlich konnte Markus nicht auf seinen Freund warten. Im Gegenteil: Der Tacho stand inzwischen auf sechzig. Und er trat trotzdem weiter in die Pedale. Es gab da nämlich etwas, das ihn beunruhigte. Bevor er vom Anwesen der Reuthers aufgebrochen war, hatte Patrick ihnen noch etwas zugerufen: Diesmal hatte er nicht nur eine Schlaftablette in dem Röhrchen versteckt, sondern zehn! Damit wollte er sichergehen, dass nicht nur der Martin Eder bei der Wettfahrt einschlief, sondern auch seine vier Freunde, die mit ihm auf dem Floß saßen.

Zum Glück war Markus viel zu sehr damit beschäftigt, auf den Weg zu achten. Sonst hätte er sich vorgestellt, wie fünf Kinder auf dem Floß die Schlafkrankheit bekamen. Wie sie den Sturzbach hinunterschlingerten. Wie das Floß in den Stromschnellen zu kentern drohte. Und wie niemand die Kinder retten konnte.

Markus musste sich beeilen! Wenn er das Ufer nicht vor dem Startschuss erreichte, war alles zu spät! Mit beinahe siebzig Stundenkilometern raste er dem Fluss entgegen. Nur noch wenige Meter! Seine Bremsen quietschten laut, als er aus voller Fahrt abbremste. Beinahe wäre er ins Wasser gefallen. Doch mit einem gekonnten Wendemanöver wirbelte er das Rad herum und blieb direkt neben einem Jungen stehen, der eine Pistole in der Hand hielt.

Markus verstand sofort. »Nicht schießen! Es geht um Leben und Tod!«, schrie er.

Der Junge wollte sich fast ausschütten vor Lachen: »Ey, Mann. Mach dir bloß nicht ins Hemd. Das ist doch gar kein richtiger Revolver. Das ist bloß eine Starterpistole.«

»Das mein ich ja!«, krächzte Markus. »Du darfst das Rennen nicht starten. Sonst passiert ein Unglück!«

Der Junge sah Markus erstaunt an. Er ahnte wohl, dass hier etwas nicht stimmte. Schon etwas zurückhaltender sagte er: »Aber Mann, da kommst du zu spät. Ich habe das Rennen bereits gestartet!«

Markus wollte es nicht wahrhaben. Er riss dem Jungen die Pistole aus der Hand und hielt sie sich unter die Nase. Kein Zweifel! Er konnte den Rauch noch riechen. Er war zu spät gekommen. Verzweifelt sah er den Sturzbach hinab. Da sah er sie: Eine ganze Floß-Regatta, die auf dem wilden Wasser den Fluss hinunterruderte.

»Kann man die noch irgendwie einholen?«, erkundigte er sich.

Der Junge schüttelte den Kopf.

»Mann o Mann! Wie stellst du dir das vor? Am Sturzbach führt doch gar kein Weg entlang. Da müsstest du schon über die Landstraße fahren. Doch für einen solchen Umweg fließt der Fluss viel zu schnell. Da hinten, ganz weit draußen, an der Holzbrücke, siehst du das? Da geht's erst richtig los! Da kriegen die Flöße so ein Tempo drauf, dass sie glatt geblitzt würden, wenn es eine Geschwindigkeitskontrolle gäbe!«

»Also müsste man sie an der Brücke einholen?«, schöpfte Markus ein wenig Hoffnung.

Doch der Junge fuhr ihn an: »Sag mal, bist du schwer von Begriff? Die holst du nicht ein! Höchstens mit einem Auto. Und auch dann erst ein paar Kilometer vor dem Ziel! Da wird das Wasser so ruhig, dass sie sogar paddeln müssen. Wenn sie bis dahin nicht gekentert sind! Da könntest du sie kriegen.«

Markus schaute mit hängenden Schultern den Fluss hinab. Da endlich merkte der andere, dass etwas Schlimmes passiert sein musste. Vorsichtig erkundigte er sich: »Mann, was ist denn bloß los? Kann ich dir sonst irgendwie helfen?«

»Zu spät!«, flüsterte Markus. »Jetzt ist alles zu spät!«

Mit einem lauten Rauschen floss das Wasser unter der schmalen Holzbrücke hindurch, die nur für Fußgänger und Radfahrer erbaut worden war. Karl beugte sich über das Geländer und schaute hinab. Der Spitzenreiter der Wettfahrt steuerte gekonnt zwischen zwei Pfeilern hindurch. Die Verfolger ließen noch auf sich warten.

Karl atmete tief durch. Sein Plan war aufgegangen! Ihm war von Anfang an klar gewesen, dass er zu langsam sein würde, um noch rechtzeitig vor dem Startschuss am Fluss anzukommen. Also hatte er sich entschlossen, das Floß von Martin Eder an der Brücke abzufangen. Wenn ihn nicht alles täuschte, musste dies der Ort sein, an dem die Tabletten bereits wirkten. Denn auf der Packung stand der ausdrückliche Hinweis, dass der Kraftstoff unmittelbar vor einem Wettkampf genommen werden sollte.

»Das hat sich der Patrick schön ausgedacht!«, sagte Karl zu sich selbst und spähte auf den Fluss hinaus.

Inzwischen waren die nächsten zwei Flöße näher gekommen. Auf beiden waren fünf Kinder wie wild am Rudern, um ordentlich Tempo zu machen. Das konnte also nicht die Mannschaft vom Martin sein.

Karl ließ seinen Blick flussaufwärts schweifen.

Da entdeckte er es! Dort hinten! Er sah es ganz deutlich! Da drehte sich ein Floß um die eigene Achse und schlingerte völlig steuerlos durch die Fluten. Als Karl genauer hinschaute, bemerkte er die fünf Gestalten, die regungslos auf den Holzbrettern lagen. Das musste das Floß vom Martin sein!

Karl beobachtete, wie es immer stärker von der Strömung erfasst wurde. Wie es mit einem höllischen Tempo auf die Brücke zuschoss. Er versuchte zu berechnen, wo es langkommen würde. Aber das war ungeheuer schwer. Erst als er merkte, dass die Flöße immer an derselben Stelle unter der Brücke hindurchschossen, war er sich absolut sicher: Die Strömung war so stark, dass alles Steuern zwecklos war. Das Wasser drängte alle zur Mitte der Brücke. Auf einer Breite von ungefähr drei Metern mussten die Flöße durchkommen!

Karl zögerte keine Sekunde. Er packte die Wäscheleine, die er von den Reuthers mitgenommen hatte, und legte sie vorsichtshalber vierfach übereinander. Dann suchte er nach einer Stelle, wo er sie festknoten konnte.

Er überlegte kurz. Wenn er das Seil an der Haltestange des Geländers festmachte, hatte er die Möglichkeit, es noch ein wenig zu verschieben.

Mit einem ganz mulmigen Gefühl im Bauch schaute er von der Brücke hinab auf den Fluss. Es war, als würde ihm die Strömung direkt durch den Magen fließen. Und das, obwohl es bis zur Wasseroberfläche nur zwei Meter waren. Doch die Höhe war nicht das Problem, sondern die starke Strömung, mit der das Wasser unter der Brücke hindurchschoss!

Trotzdem zögerte Karl keine Sekunde. Er kletterte über das Geländer und wandte sich dem Fluss zu.

»He, spinnst du!«, kreischte jemand.

Auf einem der Flöße hatten sie ihn entdeckt. Es war noch ungefähr zwanzig Meter entfernt. Und es war das vorletzte im Feld. Danach würde nur noch das von Martin kommen.

Karl packte die Gelegenheit beim Schopf. Er brüllte: »Hilfe! Ihr müsst mir helfen! Hinter euch kommt der

Martin Eder. Seine ganze Mannschaft ist bewusstlos. Ihr müsst sie unbedingt aufhalten!«

Die Köpfe der Jungen fuhren herum. Im selben Moment, als sie das Floß von Martin entdeckten, rauschten sie unter der Brücke hindurch.

Zu spät! Jetzt konnte keiner mehr etwas tun.

Außer Karl selbst.

Er überprüfte schnell den Kurs des steuerlosen Floßes. Danach korrigierte er noch einmal das Seil, indem er es um etwa einen halben Meter nach links rutschte. Dann seilte er sich mit einem lauten Seufzer ab. Die Leine knirschte ein wenig, aber sie hielt! Ganz vorsichtig rutschte er Zentimeter um Zentimeter nach unten. Er berührte schon fast das Wasser, als er merkte, dass er sich verrechnet hatte. Das Floß würde an ihm vorbeischießen!

Und da war noch etwas, mit dem er nicht gerechnet hatte: Die aufspritzende Gischt hatte das Seil völlig durchnässt. Es wurde immer glitschiger. Mit Müh und Not schaffte er es, sich festzuhalten.

Das Floß war noch etwa dreißig Meter entfernt, als er sich seiner hoffnungslosen Lage bewusst wurde: Nie und nimmer würde er es schaffen, das Seil wieder hinaufzuklettern. Dazu war es viel zu glatt. Er hatte also nur noch eine Möglichkeit: Er musste das Floß erreichen. Sonst würde er selbst in die Fluten fallen. Und was dann passierte, daran mochte er gar nicht denken. Für einen Moment lähmte ihn die Gefahr. Er war unfähig sich zu bewegen. Doch dann wurden seine Gedanken plötzlich glasklar: Ihm blieb nur eine letzte Möglichkeit. Und die musste er nutzen!

Mit einer unheimlichen Kraftanstrengung hielt er sich nur mit den Händen am Seil fest und streckte die Beine waagerecht nach vorne. Schon rutschte er ein ganzes Stück ab. Er hing jetzt haarscharf über dem Fluss. Trotzdem versetzte er das Seil in Bewegung, indem er ganz langsam anfing zu schaukeln. Ein Stück nach links, dann ein etwas größeres Stück nach rechts.

Das Floß war jetzt nur noch zehn Meter entfernt.

Karl machte eine letzte kräftige Bewegung. Wieder pendelte er nach links.

Das Floß hatte sich auf fünf Meter genähert. Es befand sich genau in der entgegengesetzten Richtung, in die er geschaukelt war.

Jetzt kam es darauf an! Karl erreichte den Wendepunkt und pendelte zurück!

Er machte sich ganz flach und sauste auf das Floß zu. Schon streckte er die Beine aus.

Doch das Floß war so schnell, zu schnell! Es drohte an Karl vorbeizuschießen, bevor er es erreicht hatte.

Ohne Zögern ließ Karl das Seil los. Für eine kleine Ewigkeit stand er in der Luft. Er ruderte wie verrückt mit den Armen. Dann gab es einen fürchterlichen Krach. Er donnerte auf die harten Bretter des Floßes, krallte sich an irgendetwas fest und duckte sich.

Wie ein Geschoss raste das Floß unter der Brücke hindurch und wurde sofort von der Strömung erfasst, die jenseits der Brücke noch viel heftiger war.

Aber jetzt war jemand an Bord, der hellwach war. Mühsam rappelte sich Karl auf und packte das Steuer.

12

Ohne Ende!

Am Ziel der Wettfahrt ahnte keiner etwas von dem unglaublichen Drama, das sich draußen auf dem Fluss abspielte. Bis vor wenigen Minuten war der kleine Anlegesteg voll mit Zuschauern gewesen. Doch auf einmal war alles anders.

Gleich mehrere Streifenwagen trafen mit Blaulicht am Zielort ein. Sie waren zunächst zur Ablegestelle unterwegs gewesen, als ihnen der völlig verzweifelte Markus entgegengeradelt kam. Der hatte sie schnaufend über den Ernst der Lage unterrichtet. Und so waren sie mit einem Höllentempo über die Landstraße gedonnert. Doch der Umweg war lang. Und so erreichten sie das Ziel erst, als die ersten Flöße bereits eingetroffen waren.

Sofort ließ Polizeiwachtmeister Krüger den Steg räumen. Und nun ächzte die alte, hölzerne Landungsbrücke unter dem Gewicht der vielen Polizeibeamten, Feuerwehrleute und sonstigen freiwilligen Helfer. Damit Maria und Markus niemandem in die Quere kamen, standen sie etwas abseits am Ufer und starrten hinaus auf den wilden Fluss.

Gerade hatte das vorletzte Floß das Ziel erreicht. Die Mannschaft war fix und fertig. Ihr Kapitän stolperte an Land und berichtete schaudernd, was er gesehen hatte: »… und wir konnten nichts, rein gar nichts tun! Das müssen Sie uns glauben. Dieser Wahnsinnige hat sich einfach von der Brücke abgeseilt. Wir haben nur noch gesehen, wie er am Seil baumelte. Hin und her. Dann ist er auf das andere Floß gesprungen, auf dem der Martin mit seinen Leuten lag. Er hat versucht das Ruder rumzureißen. Was dann geschehen ist, wissen wir nicht. Er ist irgendwo in den Fluten verschwunden. Wir mussten ja selbst viel zu sehr aufpassen, dass wir nicht kentern. Das glauben Sie uns doch, oder?«

Ohne ein Sterbenswörtchen zu sagen hörten sich Maria und Markus den Bericht an. Plötzlich war da ein Gefühl, das so stark war, wie sie es nie zuvor erlebt hatten. Es fühlte sich an wie die schlimmsten Magenschmerzen, die man sich vorstellen kann. Aber es blieb nicht nur im Bauch, sondern breitete sich im ganzen Körper aus. Und es wurde immer schlimmer, je mehr sie sich über eines klar wurden: Es war Karl gewesen, der sich von der Brücke abgeseilt hatte. Denn erstens konnte kaum jemand so gut klettern wie er. Und zweitens wäre sonst niemand auf die Idee gekommen, die Rettung von der Brücke aus zu versuchen.

Und nun trieb er mit dem klapprigen Floß und der schlafenden Mannschaft irgendwo auf dem Fluss umher. Wo, das konnte niemand wissen. Denn kurz vor dem schmalen Anlegesteg machte der Sturzbach noch einen Knick, sodass man die »Rennstrecke« nicht einsehen konnte.

»Kann man denn gar nichts tun?«, schluchzte Maria aufgelöst.

Plötzlich stand Wachtmeister Krüger neben ihnen. Anstelle von Markus antwortete er: »Das Rettungsboot ist gleich aufgeblasen. Habt noch etwas Geduld!«

Er zeigte auf ein Schlauchboot, das immer größer wurde. Schon schlossen die Polizeimänner die Ventile und befestigten einen großen Außenbordmotor am Heck. Dann wurde das Boot zu Wasser gelassen.

»Warum dauert das denn so lange?«, schimpfte Markus. »Warum ist denn hier kein anderes Schiff aufzutreiben?« Er war so verzweifelt wie noch nie zuvor in seinem Leben.

Wachtmeister Krüger versuchte seinen Zorn so gut wie möglich zu verbergen. Dennoch merkte man ihm den Ärger an, als er antwortete: »Dieser Teil des Flusses ist nun mal nicht für die Schifffahrt zugelassen. Wer kann schon wissen, dass ein paar Irre auf die Idee kommen, hier ein Wettrennen zu veranstalten? Das ist doch viel zu gefährlich!«

Herr Krüger hatte kaum ausgesprochen, da heulte der Motor des Rettungsbootes auf. Das war aber nicht der Grund dafür, dass die zahlreichen Zuschauer, die immer noch ein wenig abseits am Ufer standen, plötzlich in Beifallsstürme ausbrachen.

Hinter der Flussbiegung war etwas aufgetaucht!

Maria und Markus rissen die Köpfe herum und starrten hinaus auf den Fluss. Dann entdeckten sie es! Zunächst sah es nur wie ein Stück Treibholz aus. Doch dann erkannten sie, dass es sich um weit mehr handelte: Es war ein Floß. Kein Zweifel! Und es war kein herrenloses Floß. Denn eine einsame Gestalt stand darauf und hielt das Ruder fest umklammert.

»Karl!«, übertönten Maria und Markus sogar noch den Applaus des Publikums. Dann wären sie am liebsten ins Wasser gesprungen um dem mutigen Freund entgegenzuschwimmen.

Aber davon konnte sie Herr Krüger gerade noch abhalten. Er riss sie zurück und schaute sie streng an. Aber innerlich lachte er so sehr wie noch nie zuvor in seinem Leben.

*

Einen schöneren Empfang hätte sich Karl nicht vorstellen können!

Erschöpft kletterte er vom Floß herunter und stolperte über den Steg an Land. Dort wartete Maria schon auf ihn. Sie hatte eine große Decke ausgebreitet und schloss ihn in die Arme. Dann rubbelte sie ihn erst mal richtig trocken.

Auch Markus gab sein Bestes. Er schimpfte wie ein Rohrspatz: »Du bist doch wohl total verrückt! Einfach da so runterzuklettern! Kannst du nicht wenigstens vorher

fragen? Dann hätt ich dir schon was erzählt. Dass du mir das bloß nicht noch mal machst, hörst du? Sonst kannst du was erleben!«

Karl lächelte glücklich. Er brauchte Markus nur anzusehen um zu wissen, wie große Sorgen sich der Freund gemacht hatte.

Kraftlos sagte er: »Aber Markus, ich hab doch schon was erlebt! Gerade eben!«

»Ähem, ja, also«, stotterte Markus, »dann halt noch mehr! Dann kannst du noch mehr erleben! Der Sturzbach ist nämlich nichts gegen mich. Wenn ich erst mal aufbrause, dann hilft dir keiner. Damit du's nur weißt!«

Da kicherte Maria: »Auf jeden Fall machst du jetzt schon jede Menge Wind!«

»Du, halt dich da raus!«, motzte Markus, der nicht verstand, warum sich Maria unbedingt einmischen musste.

»Das tu ich nicht!«, erwiderte Maria.

Und vermutlich wäre schon wieder die schönste Streiterei losgegangen, wenn nicht etwas ganz anderes geschehen wäre: Ein grelles Licht blitzte auf.

Hinter ihnen stand Patrick Reuther mit seiner Kamera und machte Fotos. »Recht freundlich, wenn ich bitten darf!«

Das war doch nicht zu glauben!

»Dass der sich hierher traut!«, schrie Maria.

»Na, dem werd ich's zeigen!«, brüllte Markus.

Schon hatte er sich die Kamera geschnappt und richtete sie auf Patrick selbst. *Klick! Klick! Klick!* machte es.

Markus fuhr den Jungen an: »Diesmal bist du es, der in die Zeitung kommt. Und ich weiß auch schon, wie die Schlagzeile lautet: ›Reporter vergiftet Schule!‹ So lautet die!«

»Hilfe! Hilfe!«, zeterte Patrick. »Man hat mich beraubt! Man missachtet die Pressefreiheit. Hilfe!«

Doch da hatte er nicht mit Wachtmeister Krüger gerechnet. Der hatte sich das Ganze lange genug mit angesehen. Er legte Patrick die Hand schwer auf die Schulter und fragte: »Sind Sie Patrick Reuther?«

Der Reporter fuhr herum. »Ja doch! Was wollen Sie von mir?«

Da sagte Herr Krüger nur das eine Wort: »Abführen!« Und schon nahmen zwei seiner Kollegen den Reporter in die Mitte und schleppten den wild um sich schlagenden Jungen zu einem Polizeiauto.

Herr Krüger würdigte ihn keines Blickes. Dafür wandte er sich jetzt Karl zu. Irgendwie wirkte alles auf einmal ganz feierlich. Der Wachtmeister reichte Karl die Hand. Ganz leise sagte er: »Das war sehr mutig, was du heute getan hast.«

Karl strahlte übers ganze Gesicht.

Doch der Polizist fuhr fort: »Eigentlich müsste ich dafür mit dir schimpfen. Denn so etwas darfst du nie, nie wieder tun. Es ist viel zu gefährlich. Hörst du?«

Da meldete sich Markus zu Wort: »Na, seht ihr? Hab ich's nicht gesagt!«

»*Eigentlich*, habe ich gesagt!«, meinte Herr Krüger. »Denn uneigentlich hätte die ganze Sache natürlich noch viel schlimmer ausgehen können. Wenn Karl nicht so mutig gewesen wäre.«

Da senkte Markus den Kopf.

Karl stieß ihn aufmunternd in die Seite und meinte: »Nun tu doch nicht so. Du hättest das Gleiche getan!«

Markus schaute auf. »Meinst du wirklich?«

»Und ob ich das meine! Oder würdest du etwa nicht?«

»Klar doch!«, bekräftigte Markus und strahlte übers ganze Gesicht.

»Halt, halt!«, protestierte Herr Krüger. »So haben wir nicht gewettet. Hört denn das niemals auf mit euch? Soll denn das immer so weitergehen?«

Da waren sich die Drei ausnahmsweise mal einig: »Von uns aus …«, lachten sie. »Von uns aus kann das immer so weitergehen. Immer und ohne

Ende!«